글쓰기에 관한 짧지만 매우 흥미로운 책이다. 조곤조곤하면서도 배울 점이 많고 친절하다. 단도직입적이며 독자의 관점에서 말한다. 순서대로 읽지 않아도 된다(아마도 그럴 수 없을 테지만 말이다). 내가 그랬듯 아무데나 펼쳐서 유용한 팁을 얻어가면 된다.

_ 리처드 포드

문법과 문체에 관한 좋은 책은 많다. 하지만 문장이 도대체 어디에서 오는지, 문장의 생명력은 어떻게 발견할 수 있는지, 무엇이 문장의 힘과 독창성, 미래의 가능성, 즉 수정의 묘수를 만들어내는지 차근차근 알려주는 이런 책은 없었다. 저자의 원칙이 옳았음을 이 책의 장구한 미래가 증명해줄 것이다.

_ 톰 매구언

짧게
잘 쓰는
법

짧게
잘 쓰는
법

Several short sentences
about writing

짧은 문장으로 익히는
글쓰기의 기본

벌린 클링켄보그 지음
박민 옮김

교유서가

존, 질 그리고 제이크에게

———

"글의 주제는 오로지 작가가 사용하는
언어의 은총으로 존재한다."

조이스 캐럴 오츠 Joyce Carol Oates

차례

이 책은 첫걸음을 다룹니다. 그 첫걸음의 의미는 여러분의 경험에 따라 달라집니다. 이 책은 많은 논의와 의견의 뼈로 이루어져 있습니다. 어떤 부분은 척추뼈, 다른 부분은 턱뼈라고 할까요? 하지만 전체 골격은 여러분이 직접 만들어내야 합니다. 언어에 관해 알게 되는 만큼 생각과 인식의 폭이 넓어질 것입니다. 그 과정에 특별한 법칙은 없습니다. 실험만이 있을 뿐입니다.

글쓰기 방법에 관한 일반적인 통념은 대부분 잘못되었으며 오히려 해롭다는 것이 이 책의 전제입니다. 이는 가정이 아닙니다. 결론입니다.

일반적인 통념이 대부분 그렇듯, 글쓰기를 안다고 생각하는 것은 미묘하고 드러나지 않는 방식으로 작동합니다. 어째서인지 우리는 부지불식간 머릿속에 들어온 것을 의심하지 않고 믿는 경향이 있습니다. 글쓰기에 관한 우리의 관념이 그럴듯하다고 여기는 것이지요. 그렇게 우리가 일반적으로 믿는 창의성과 천재성에 관한 잘못된 생각이 더욱 공고해집니다. 하지만 그런 기존의 관념은 모두 거짓입니다.

저는 대다수의 작가와 마찬가지로 시행착오를 통해 글쓰기를 배웠습니다. 제가 학교에서 배운 (아마 여러분에게도) 쓸모없는 글쓰기 방법을 잊고자 부단히 노력했습니다. 대학에서 배운 것을 버리고 스스로 터득한 글쓰기 방법, 그리고 독서와 언어를 향한 평생에 걸친 애정이 제 노하우의 기반입니다. 거기에 글을 써온 시간과 글쓰기를 가르친 경험으로 살을 붙여나갔습니다. 이 책에서 밝힌 아이디어와 제안은 저와 제가 가르친 학생들과 글쓰기를 스스로 깨친 작가들이 끊임없이 검증해 얻은 결과입니다.

시작하기 전 몇 가지 주의사항이 있습니다. 이 책의 목표는 용인된 통념received wisdom을 대체하는 것이 아닙니다. '용인된received' 것은 검증하지 않고 습관적으로 반복한 것에 지나지 않습니다. 따라서 이 책에 적힌 모든 내용은 바로 여러분 자신이 처음부터 다시 검증해보아야 합니다. 자신에게 알맞은 방법을 스스로 찾아보세요. 아마도 이것이 제가 드릴 수 있는 가장 중요한 조언일 겁니다. 절대적인 진리도, 권위 있는 정설도, 유일무이

한 이론도 없습니다. 여러분에게 도움이 되지 않는 것을 솎아내고 도움이 되는 것에 주의를 기울이는 법을 배우는 과정도 글쓰기를 배우면서 겪는 고난의 일부입니다. 만약 이 책을 읽다가 제 말에 고개를 갸웃거리게 되더라도 괘념치 마세요.

이 책은 여러분의 마음과 글쓰기를 명료하게 할 출발점들로 가득합니다. 이를 통해 여러분은 글을 쓴다는 것의 의미를 발견하게 될 것입니다. '제가 쓰는 방식'이나 '사람들이 쓰는 방식'이 아니라 '여러분 자신의 방식'을 말이지요.

이제 출발점에 섰습니다. 여러분은 아마도 자신의 글쓰기 방식에 관해 잘 모를 것입니다. 이 책이 여러분 자신만의 방식을 찾는 데 도움이 되기를 바랍니다.

글쓰기에 관한 짧은 문장들

제가 여러분에게 드리는 조언은 간단히 말하자면 이렇습니다.
한 문장 한 문장이 드러내는 내용,
겉으로 드러나지 않는 내용,
암시하는 내용을 파악하라.
이 가운데 문장이 실제로 드러내는 내용을 아는 것이
가장 어렵습니다.

우선 길이를 충분히 줄여
짧은 문장을 써보면 도움이 됩니다.
단어가 전달하지 못하는 그 무엇의 자리를

짧은 문장들 사이에 남겨두세요.

처음부터 끝까지, 리듬감에 집중하세요.

이렇게 생각해보세요.
문장이 하나씩 무대 위에 섭니다.
하려는 바로 그 말을 하고 나서
무대에서 내려옵니다.
다음 문장을 끌어올리지도 않고,
이전 문장을 끌어내리지도 않습니다.
관객으로 온 친구들에게 손을 흔들지도 않습니다.
스포트라이트나 박수갈채를 받으려고 머뭇거리지도 않습니다.
문장은 말하려는 것을 설명하지 않습니다.
단지 할말만 딱 하고 무대를 떠납니다.

글을 잘 쓰는 기술은 여기서 그치지 않습니다.
아직 가야 할 길이 한참 멀지요.
하지만 바로 여기가 매번 시작해야 하는 지점입니다.
…
짧은 문장을 만드는 건 어렵지 않습니다.
하지만 짧게 유지하는 건 어렵지요.

나쁜 글쓰기 방법은 헤아릴 수 없이 많습니다.

의도를 담았다고 생각하지만 실상 그렇지 않은 문장을

만들어내는 것이 대표적 사례입니다.

독자의 판단 기준은 무엇일까요?

여러분의 문장일까요, 여러분의 의도일까요?

여러분과 독자를 이어주는 유일한 연결고리는

여러분의 문장입니다.

여러분의 의도는 문장을 통하지 않고서는 전달될 수 없습니다.

그리고 모든 문장에는 제각각 동기와 소임이 있습니다.

여러분의 의도와는 전혀 다른 차원의 것이지요.

문장은 문법, 문장 구조, 언어의 역사와 관습, 사회 체계라는

일련의 법칙과 떼려야 뗄 수 없습니다.

이 법칙들은 여러분의 의도에는 신경쓰지 않습니다.

만약 여러분이 이 법칙들에 신경쓰지 않는다면 말이죠.

여러분이 말하고자 하는 바나 말하고 있다고 믿는 내용에

집중하기는 쉽습니다.

반면에 여러분이 택한 단어들이 실제로 말하는 내용에

집중하기란 어렵습니다.

무엇을 말하고자 하는지 아는 것은

늘 중요합니다.

하지만 그에 앞서 실제로 무엇을 말했는지 알아야겠지요.

문장이 짧으면 한층 수월하게 의도를 전달할 수 있습니다.

…

여러분은 짧은 문장이 유치하며

긴 문장으로 나아가는 중간 단계에 불과하다고 배워왔습니다.

그런 교육 덕분에 자신이 짧은 문장 단계를 넘어

성장했다고 생각할지도 모르겠습니다.

하지만 사실 여러분은 잘못된 가정과 나쁜 습관의 황무지,

요령부득의 전문용어를 허약한 구조로 쌓아올린 사막,

언어학적 야만의 땅,

진부한 표현과 무의미한 문구 없이 명료하고 단순하게 쓰기가

거의 불가능한 장소로 이끌려온 것입니다.

그렇습니다. 모든 분야에서 교수, 저널리스트, 혹은 전문가의

방식을 따르면 꽤 지적이거나 권위 있게 보일 수 있습니다.

(어쩌면 여러분이 어떤 분야의 교수, 저널리스트, 혹은 전문가일지도

모르겠습니다.)

그런데 그 사람들이 얼마나 글을 잘 쓰던가요?

여러분은 그들의 글을 얼마나 좋아합니까?

여러분은 다시 긴 문장을 쓰게 될지도 모르지만,

그것의 본질은 짧은 문장입니다.

주변의 침묵에 귀기울이는 문장,

자신의 맥박에 귀기울이는 문장 말이지요.

실험을 한번 해볼까요?

글을 쓰려는 순간 머릿속에 자리잡는

온갖 잡념에 집중해보세요.

…

대부분은 글쓰기에 관해 여러분이 이미 알고 있는 것들입니다.

대개 규칙을 되풀이하는 학교 선생님들의 목소리지요.

이를테면 "'그리고'로 문장을 시작하지 마라" 같은 규칙 말입니다.

(괜찮습니다. '그리고'로 문장을 시작해도 돼요.)

작가와 작법에 관한 정보나 추측도 있습니다.

그 사실 여부는 뒷전이지만요.

이유는 모르지만 반드시 지켜야 할 것들과

막연하게 절대로 해서는 안 된다고 느끼는 것들.

"이래도 되나……?" 하고 자문하게 만드는 것들.

(네, 그래도 됩니다. 계속 그러라는 것은 아니고요.

여러분에게 맞는 글쓰기 방법을 찾기 전까지는 괜찮습니다.)

글을 쓸 때 머릿속을 채우는 이런 잡념들을 하나씩 적어보세요.
명확히 인식해야 수정하거나 삭제할 수 있으니까요.

이런 전제, 금지, 의무 들은
여러분이 받은 교육과 살아온 문화의 흔적입니다.
모두가 의심의 대상입니다.

글쓰기에 관해 여러분이 모르는 것 또한
불완전하지만 지식의 한 종류입니다.
모르는 것과 마주칠 때마다
그것을 정확하게 식별하려고 노력해보세요.
왜 모르는지도 궁리해보세요.
두려워하거나 당황하지 말고
직시하세요.
여러분이 모르는 것과 그 이유도 역시 정보가 됩니다.

앞의 내용을 바탕으로 간단한 목록을 만들어볼까요?

1. 여러분이 배운 것
2. 남들이 자주 말해서 사실이라고 믿게 된 것
3. 미세하게 느끼는 것

4. 모르는 것

5. 경험으로 배운 것

이 요소들을 통해 우리는 각자의 세상을 알아갑니다.
기억하세요. 특히 무엇을 쓸지 어떻게 쓸지를 고민하기 시작할 때
이 목록을 되새기길 바랍니다.

———————

여러분이 이미 알고 있는 것을 생각해볼까요.

아마 두 가지 글쓰기 방법이 머릿속에 떠오를 것입니다.
하나는 고등학교나 대학교에서 배운 친숙한 모델입니다.
개요 잡기, 초고 쓰기, 논리 전개, 주제문과 논거 점검 등의 과
정 말이지요.
···
다른 방법은 완전히 상반된 것으로,
시인이나 소설가들이 구사하는 작법으로 알려져 있습니다.
이 방법에는 '천재' '영감' '몰입' '자연스러운' 때로는 '유기적'
등의 수식어가 따라붙습니다.

두 방법 모두 쓸모없습니다.

정말입니다.

두 방법 모두 완전히 쓸모가 없습니다.

위 방법들에는 두 가지 가정이 알게 모르게 배어 있습니다.

1. 문장 길이가 사고나 발상의 치밀함, 교양 수준,

심지어 지적 능력과 관계있다는 가정.

그렇지 않습니다.

2. 독자의 읽기 경험과 작가의 집필 경험이 연관되어 있다는

가정. 이를테면 작가의 정신 상태나 단어를 조합하는 숙련도가

읽기에 영향을 미친다는 것이죠.

그렇지 않습니다.

짧은 문장으로도 영리하고 흥미롭고 치밀하게

생각을 펼칠 수 있습니다.

몇 문장이면 좋은 발상을 담을 수 있을까요?

한 문장이 아니라 두 문장으로 표현하면 덜 좋아지는 걸까요?

글을 쓸 때 '천재' '영감' '몰입' '자연스러운' '유기적'

같은 단어는 멀리하는 연습을 해야 합니다.

(말할 때도 삼가는 게 좋습니다.)

글쓰기와는 전혀 상관이 없고

그저 작가를 숭배하는 표현일 뿐이거든요.

어째서 짧게 쓰는 게 좋을까요?

짧은 문장의 힘을 알기 전에는 납득하기가 어려울 거예요.

짧은 문장은 여러분이 어휘를 자유자재로 부렸던

교육 이전의 단계로 되돌아가

스스로 제어할 수 있는 글을 쓰게 합니다.

문장의 특성을 탐색하기 위해서는 짧은 문장이 더 수월합니다.

(문장들을 도식화해보세요. 어렵지 않습니다.)

짧게 쓰면 접속어가 필요 없습니다.

또한 문장의 의미가 뚜렷해져 파악하기 쉬워집니다.

목적에 맞는 구조로 잘 짜였다면 길어도 아무 문제가 없습니다.

하지만 긴 문장은 금방이라도 무너져내리거나

고장날 것 같거나 불분명하거나 뒤죽박죽이기 십상입니다.

즉, 잘못된 구조로 이어붙이고

'~으로써'나 '~에 따라' 같은 단어로 늘어진 문장입니다.

동사가 부족하고 구조는 빈약하며

뜬구름 잡고 어구는 제각각 튀는 문장입니다.
더 심각하게는, 엉뚱한 곳으로 이어진 지리멸렬한 길처럼
문장의 시작과 끝이 따로 노는 문장입니다.

반면에 짧게 쓰면 주어와 동사가 단도직입적이고 명료해집니다.
관계대명사나 종속절과 같이 긴 문장을 만드는 주된 요소들과
전치사, 수동 구문, 종속어구와 같은 부차적 요소들을
덜어낼 수 있습니다.

단문을 쓰다보면 길이에 상관없이
강력하고 균형잡힌 문장을 쓸 수 있게 됩니다.
강력하고 긴 문장은 사실 다양한 방법으로 연결된
강력하고 짧은 문장들입니다.

무조건 단문을 써야 하는 것은 아닙니다.
합당한 이유가 있다면 긴 문장을 써야 하겠죠.
짧은 문장만큼 명료하고 단도직입적이라면 말입니다.
  "하지만 단문은 뚝뚝 끊기는 느낌인데요?"라며 항변하고 싶
을 것입니다.
  끊기는 느낌이 드는 건 거친 문장들이 이어져 있기 때문입니다.
  변형과 리듬감이 관건입니다.

두세 문장이 어우러져 생성하는 리듬감,

소리와 울림의 리듬감뿐 아니라 배열에서 나오는 리듬감.

문장과 단어의 배치를 통해

의미를 강화하고 억양을 형성하는 법을 터득하세요.

단문으로 어떤 조짐이나 전조를 표현할 수 있을까요?

지루한 되풀이나 힘없는 마무리로 들리지는 않을까요?

직접 실험해보세요.

얼마나 짧아야 짧은 걸까요?

여러분이 써온 문장의 길이에 따라 다릅니다.

문장을 짧게 유지하는 방법 하나는

되도록 문장 사이의 공간을 비워두는 것입니다.

문장을 마치는 온점과

다음 문장을 시작하는 단어 사이의 공간이 아니라

온점과 다음 문장의 주어 사이의 공간을 말하는 것입니다.

이 공간은 종종 불필요한 단어들로 채워지거든요.

대부분의 문장에는 서두나 마무리가 필요 없습니다.

형편없는 단문은 누구나 쉽게 쓸 수 있습니다.

하지만 그런 문장을 계속 쓸 순 없는 노릇입니다.

그런 문장은 너무 형편없고 또한 쉽게 고칠 수 있으니까요.

길게 늘이는 것이 고치는 방법은 아닙니다.

…

단문을 쓰려면 불필요한 단어를 모두 없애야 합니다.

여러분의 경험이 바뀔수록 **필요성**의 개념도 바뀔 것입니다.

작성중인 문장에 어떤 단어를 넣었다고 해서

그 단어의 필요성이 입증되는 것은 아닙니다.

눈에 띄든 아니든

문장에 없어도 되는 단어를 찾아보세요.

모든 단어는 필수적이라고 인정되기 전까지는 선택적입니다.

단어를 하나씩 지우면서

무엇을 잃거나 얻게 되는지 확인해야만

꼭 필요한 단어를 결정할 수 있습니다.

단어 하나를 지울 때마다

문장이 어떻게 변하는지 눈여겨보세요.

변화가 눈에 보이면 제대로 하고 있는 것입니다.

예를 들어 '그the'를 쓰지 않도록 노력해보세요.

그 단어가 없어도 좋은 문장과

그렇지 않은 문장을 비교해보세요.

관련 없는 단어나 문구, 절을 지우면

암시implication의 공간이 생깁니다.

문장이 길면 길수록 암시의 밀도는 떨어지게 마련이지요.

암시를 활용한 글쓰기는

여러분이 지향해야 할 것 중 하나입니다.

주변에서 흔히 볼 수 있는 글은 대체로 암시와는 거리가 멉니다.

예를 들어 법률, 과학, 비즈니스, 저널리즘, 학술 분야의 산문

말이지요.

암시는 여러분이 배운 글쓰기 방식으로는 실현할 수 없습니다.

이는 즉 여러분이 작가들의 가장 중요한 도구 가운데 하나를

활용할 줄 모른다는 뜻입니다.

그 도구란 단어의 표면적인 의미 이상을 제시하는 능력과

말하지 않음으로써 독자에게 말하는 능력입니다.

———————

우리는 왜 문장에 관해 이야기하고 있을까요?

어째서 형태, 양식, 분야, 책, 특집 기사, 개요, 심지어 단락에

관해, 작품 전체에 관해 이야기하지 않는 걸까요?

답은 간단합니다.

작가의 일은 문장을 만드는 것입니다.

여러분은 머릿속에서 문장을 만드는 데
가장 많은 시간을 씁니다.
머릿속에서요.
이 사실을 아무도 말해주지 않았나요?
바로 그것이 작가의 삶입니다.
절대로 문장 만들기에서 벗어났다고 생각하지 마십시오.

여러분이 만든 문장의 대부분은 필요 없을 것입니다.
나머지는 손봐야 할 것이고요.
이런 상태는 오랫동안 지속될 것입니다.
이제 가장 어려운 문제가 남습니다.
무엇을 버리고 무엇을 손볼 것인가, 그리고 어떻게 손볼 것인가.
나중엔 이 과정이 매우 수월해질 테지만,
이러한 결정의 과정은 끝이 없습니다.

끊임없이 문장을 고르는 일이,
꾸준히 가능성을 탐구하는 일이,
말할 수 있는지 몰랐던 것을 말할 수 있게 될 가능성을
항상 주시하는 지속적 노력이
작가가 실제로 하는 일입니다.

형태, 양식, 구조, 분야, 그리고 이 모든 것은
문장이 명료해질 때 비로소 스스로 분명해지게 마련입니다.
이에 관해 나름의 시각과 지각을 갖게 되면
형태, 양식, 구조, 분야, 그리고 이 모든 것을 배열하거나
배열의 원리를 인식하기는 얼마나 쉬운지요.
그 순간은 늘 뜻밖의 깨달음처럼 옵니다.

———————

우리의 작업은 분야를 뛰어넘습니다.
우리의 목적에 분야의 구분은 무의미합니다.
분야는 책을 분류하고 상을 수여하는 데 쓰일 뿐입니다.

모든 글쓰기는 세계를 언어로 바꿉니다.
픽션과 논픽션의 관계는
그들 각자와 현실의 관계보다 훨씬 더 긴밀합니다.
순전한 창작의 차원을 제외하면 둘의 기교는 본질적으로 같습니다.
논픽션의 정확도와 꼼꼼한 조사, 중립성을 폄하하려는 것이 아닙니다.

이 요소들은 소설가에게도 훌륭한 도구입니다.

저는 항상 간과되어온 문장의 분야에 관심이 있습니다.
많은 작가가 우리가 다음과 같이 명확하게 분류되는
산문의 세계에서 산다고 믿는 듯합니다.
회고록, 전기, 특집 기사, 데뷔 소설, 출간 제안서, 그리고
수레에 아무렇게나 쌓인 채 시장으로 향하는
틀에 박히고 관행적인 언어 형태의 목록.

작가들은 읽을 만한 문장을 쓰게 되기 훨씬 이전부터
글의 형태와 그에 따른 규칙에 매몰되곤 합니다.
그들은 자연을 있는 그대로 묘사하는 작가가 되고 싶어하지만
자연이라는 주제가 딱 자신의 글쓰기 능력만큼만 생생하다는
사실은 잊어버립니다.
작가들은 회고록이라는 형식의 부담에 억눌린다고 느끼지만
사실 그런 것은 존재하지 않습니다.
이들은 산문 쓰기가 시나리오 작법처럼 정형화되어 있다고,
소네트처럼 규칙에 따르는 것이라고 여깁니다.
이들은 각 분야에 따라
글쓰기 규범이 결정되며
그것을 찾아낼 수만 있다면

상세한 지침까지 마련되어 있다고 믿습니다.

...

그러나 분야는 개요의 다른 이름에 불과합니다.

가치 있는 것을 발견하고

알아차리기에 관심을 쏟고

처음부터 독자의 신뢰와 호기심을 불러일으키는

문장을 만드는 것,

어떤 분야로 불리든 간에

여러분이 발견한 것을 독자가 읽게끔 하는 것이 더 중요합니다.

아니, 독자가 분야 같은 건 아예 잊어버린다면 더더욱 좋습니다.

강력하고 유연한 문장을 만들려면

여러분이 저지른 실수를 이해하고 활용하세요.

각 문장이 생성하는 가능성에,

논지 그 자체에 스스로를 열어두세요.

그리고 작가처럼 읽으세요.

여러분은 어떤 형태로든 쓸 수 있습니다.

———

여러분은 이미 필수적인 자산을 소유하고 있습니다.

말하는 법을 알고 있고

쓰는 법을 알고 있죠.

그리고 아마도, 듣는 법도요.

여러분은 언어 속에서 성장했습니다.

여러분은 감각하는 존재입니다.

감정의 분출,

마음속에 끊임없이 흐르는 생각들,

혼잣말하는 습관이나 머릿속에서 이어나가는 대화,

상상력과 기억.

운이 좋았다면 어렸을 적에 어른들이

책을 읽어주기도 했을 것입니다.

여러분은 그런 경험을 통해

문장을 읽을 때 어떻게 들리는지 알고 있습니다.

이야기가 어떻게 구성되는지,

언어의 리듬이 어떻게 생성되는지에 관한 여러분의 지식은

열 살배기 적에 체득한 것에서 크게 변하지 않았습니다.

어쩌면 여러분은 자신의 관심사를 파악할 능력도

지니고 있을지 모릅니다.

자신이 무엇에 관심있는지 파악할 수 있는 방법을 알고 있다
면 더욱 좋겠지요.

그뿐만 아니라, 여러분은 작가인 동시에 독자이기도 합니다.
실로 엄청난 자산이지요.

좋은 독자가 되어야만 좋은 작가가 될 수 있습니다.
여러분은 작가보다 독자로서 훨씬 더 풍부한 경험을 했습니다.
누군가가 나열한 단어를 수백만 개 읽어온 반면
직접 작성한 문장은 그리 많지 않을 것입니다.

그러나 여러분이 배워온 읽기 방식은 쓰는 방법이나
읽고 있는 책의 진짜 메시지에 관해서는
전혀 알려주지 않습니다.
…
여러분이 교육받아온 읽기란 무언가를 뽑아내는 행위입니다.

여러분이 배운 것은
의미라고 불리는 무언가를 글에서 모으는 방법입니다.
마치 단어 자체는 바람이 불면 뇌에 인식의 흔적만 남기고
날아가버리는 연기에 지나지 않는다는 것처럼 말입니다.
또한 글쓰기는 추후에 추출될 의미를 축적하는 작업이며
문장은 생각이나 관념의 겉껍질을 옮겨 적은 결과로
그 자체가 아니라 전달하거나 담고 있는 내용 때문에

가치 있다고 배웠지요.

여러분은 앞에 놓인 글의 의미를 파악하기 위해

글의 특징을 무시하도록 교육받았습니다.

문장이 품고 있는 의미를 위해

문장 자체의 형태를 무시한 것인데,

이는 여러분이 읽어온 수많은 단어가

문장을 만드는 방법에 관해서는 아무것도 알려주지 못한 채

스쳐지나가버렸음을 뜻합니다.

우리는 문장의 단어나 어순을 바꾸면

당연히 의미에 영향을 끼치게 된다고 생각합니다.

그런 한편 언어와 의미가 서로 밀접한 관계이며

여러 문장이 같은 의미를 지닐 수 있다는 듯이

생각하고 읽고 씁니다.

…

의미에 대한 우리의 통상적 관념은 '재언급이 가능한 것'이라

고 할 수 있습니다.

즉, 요약입니다.

'다시 말하는in other words' 것입니다.

여러분은 논리적으로 이해하고 요약하고

글의 메시지를 파악할 수 있습니다.

독해력 테스트에서도 좋은 점수를 받습니다.

하지만 문장 자체의 덤불을 통과해

상식의 흔적을 따라가는 방법은 전혀 들어보지 못했습니다.

그 누구도 여러분에게 잉크로 이루어진 숲들 간의 유사성을

보여주지 않았고

언어의 생명은 구체적인 문장 안에 존재하며

문장에서 추출될 수 없다는 것을 말해주지 않았습니다.

글을 잘 쓰고 읽으려면 정확한 형태 그대로 문장에 표현된

모든 세부사항에 집중해야 합니다.

세부사항의 양과 종류는

여러분의 감식안에 달려 있습니다.

단어 하나하나가 완벽하게 일치하지 않는 이상

똑같은 문장이 여럿일 수는 없습니다.

(그리고 여러분은 평생 동안

똑같은 문장을 두 번 쓸 일이 없을 것입니다.)

어휘에 변화를 주면 문장이 품은 뉘앙스가 달라집니다.

그런 뉘앙스들을 발견하고 활용하는 것이 작가의 일입니다.

잠시 뒤에 몇 가지 예를 살펴보도록 하죠.

———————

그전에 먼저, 의미가 문장의

유일한 목적은 아니라고 생각해본 적이 있나요?

의미란 단지 작가가 문장을 구성하고 수정하는 데 요긴한

도구 중 하나일 뿐이라면?

문장이 갖춰야 할 덕목과 가치는 그 문장 자체이며

문장 밖으로 추출할 수 있는 의미가 아니라면?

글이란 짧게 요약될 수 없는 문장들로 이루어진다면?

문장의 의미뿐만 아니라 다른 속성들도

하나하나 눈여겨본다면?

이상하게 들리겠지만,

여러분은 어렸을 때 이렇게 글을 읽었습니다.

아이들은 반복해 읽으며 놀랄 만큼 정교하게 독해합니다.

문장 그 자체를 말 그대로 한 글자 한 글자 읽어나갑니다.

문장의 의미는 그 문장 자체를 대체할 수 없습니다.

여섯 살배기에게는 불가능한 일이죠.

…

이는 여전히 글을 읽는 매우 훌륭한 방법입니다.

문장은 내용을 전달하기도 하지만
그 자체로서 목적을 가집니다.
의미를 뽑아내기 위한 도구에 머물지 않는 것이죠.

문장을 이루는 단어는 일정 수준의
특이성 혹은 구체성을 띱니다.
복잡한 이력을 갖지요.
어휘는 문학, 문화, 기존 작품들의 세계 등
촘촘한 맥락에서 비롯됩니다.
수 세기를 거친 글쓰기와
숱한 세월 사람들의 생생한 입말을 통해 형성되고 변형됩니다.
지금 모습 이전 모든 형태에 서렸을 말의 영혼과 공명합니다.

문장은 그 자체로 리듬이 있습니다.
빠르거나 느립니다.
은유와 직유로 표현하고
과장법이나 환유, 두운이나 각운, 중간운(요운), 그 밖에도
수많은 수사학적 기교를 사용합니다.
문장은 작가인 여러분이 불어넣는 극적인 의도를
결정하고 실행합니다.

독자의 기대를 여러 층위에서 유발하고 충족시킵니다.

문장은 독자를 알아봅니다.

독자를 잠시 쉬어가게 합니다.

우리가 사용하는 말로 세계를 구축합니다.

어쩌면 세계를 새로이 재구축하기도 합니다.

그리고 이는 시작에 불과합니다.

여러분은 문장의 이런 특징들을 조합하는 큐레이터입니다.

물론 의미를 추출하고 비축하는 데에만 관심이 있다면

이러한 사실을 모르고 넘어가게 되겠죠.

여러분은 이런 특징들을 유념하면서 글을 쓸 뿐 아니라

글을 읽어야 합니다.

여러분은 직접 쓰고 읽은 모든 글들,

그리고 자신을 둘러싼 세계로부터

글감을 모아가며 글쓰기를 배웁니다.

글쓰기 학습은 인생의 언제 어디서든 시작될 수 있습니다.

———————

의미에는 또다른 문제가 있습니다.

우리는 마지막에 이르러서야 의미를 알 수 있다고 배워왔습니다.

무릇 문장이란 의미가 발현되는 곳으로
우리를 데려다주어야 한다는 듯이 말이죠.
'요점'으로,
'요점'이 재차 언급되는 결론 직전의
바로 그 지점으로 말입니다.

이 문제는 학교 글쓰기 교육에서 특히 두드러집니다.
여러분이 써낸 과제를 기억하나요?
괜찮은 아이디어 하나를 숨겼다가
맨 끝에 내놓으려고 애썼을 겁니다.
그 아이디어가 앞 단락들의 논리적 귀결인 것처럼
무리하게 갖다붙이려 하지 않았던가요?
분량을 다 채울 때까지 제자리에서 빙빙 맴돌았을 거예요.

고등학교와 대학교에서 설명문 작법이라고 배운 것 대부분은
'순서에 대한 집착'이라고 해도 무방합니다.
풀어서 설명하자면 이런 것입니다.
"목적지에 가려면 딱 알맞은 곳에서 시작해야 한다.
그리고 결론에 이르기 위한
적절한 길을 따라가야 한다."

이런 방식으로는 어디에서 끝낼지 결정하기 전까지
시작점도 잡지 못합니다.
부적절한 곳에서 시작해서 엉뚱한 방향으로 틀게 되면
결국 원하는 곳에 도달하지 못합니다.

여러분이 있는 바로 그곳에서 시작하는 게 어떨까요?
목적지에 이르는 길은 단 하나만 있는 걸까요?

학교에서는 문장 하나하나가 서로서로 의존한다고 가르칩니다.
논리적으로 조심스럽게 쌓아올려도
불안정해서 쉽게 무너지는
카드로 만든 집의 카드 한 장처럼 말이지요.

학교에서 배운 대로 쓰면 시작점을 잘못 잡기 쉬운 건 이 때
문입니다.
도입부 세 단락 이후에야 진도를 나가고
대개 결론은 두 가지가 됩니다.
…
여러분은 요점 정리와 논리 전개와 형식에 관해 배우고 또 배
웠습니다.

어쩌면 요점 정리와 논리 전개와 형식을
오히려 너무 많이 배워서
어려움을 겪게 되는지도 모르겠네요.

필연적으로 중복되고 무미건조하게 전개되며
오직 자신의 존재 이유를 증명해줄 결론을 향해 나아가는
문장들을 써내는 방법을 익힌 것입니다.

———————

학교에서는 독자가 끊임없이 길을 잃을 위험에 놓여 있다는
전제하에 글쓰기를 가르칩니다.
명료하게 쓰는 것이 아니라
문장과 단락에 족쇄를 채워 연결함으로써
독자를 인도할 수 있게 말이죠.

논리를 전개하는 법을 떠올려보세요.
그런데 효과가 있었나요?
단락 후반부에서 다음 단락으로 넘어갈 준비를 합니다.
들여쓰기로 움푹 들어간 빈 공간을 훌쩍 뛰어넘는 거대한 도약!
여러분은 글쓰기가 아니라

공중그네 묘기를 배운 겁니다.

...

왜 논리 전개가 그토록 중요하다는 것일까요?
여러분이 명료한 글을 쓸 수 없으며
설사 그럴 수 있다고 해도
글 전체에 걸쳐 독자가 잡을 난간이 있어야 한다는
전제 때문입니다.
이 전제는 무엇을 내포할까요?
독자는 본질적으로 수동적이며
지속적인 지도가 필요하다는 생각입니다.

여러분은 그런 독자인가요?
단락과 단락의 틈새에 빠져 갈팡질팡하고
이해하기 어려워하나요?
생략 부호에 걸려 넘어지나요?
글이라는 통로를 따라 걸어갈 때
지속적인 관리 감독이 필요한가요?
거듭 주지시켜주지 않으면 저자의 논지를 놓쳐버리나요?

오직 논리 전개를 위한 문장 따위는 없습니다.
여러분이 명료한 글을 쓴다면—

무엇을 쓰지 않았는지 아는 것처럼

무엇을 왜 썼는지도 여러분은 틀림없이 알고 있겠지요—

독자는 여러분의 글을 읽으면서 결코 길을 잃지 않을 것입니다.

설사 논리 전개가 없다고 한들

여러분을 따라가지 못하는 일도 없겠죠.

독자는 적재적소에서 생략된 틈새를 건널 때보다

오히려 논리 전개가 무성한 정글을 헤쳐나갈 때

길을 잃기 십상입니다.

주제문은 어떻습니까?

능력이 모자란 독자에게 떠먹여주듯

단락의 주제를 공표하는 것이 주제문의 유일한 목적입니다.

저널리즘에도 이와 비슷한 것이 있지요. 그 악명 높은

'한줄 요약nut graf'입니다.

마치 요점 정리가 없으면 진도를 뺄 수 없다는 것처럼

여러분이 읽으려 하는 기사의 내용을 전달하는 '한줄 요약'

말이지요.

논리 전개에 대한 강박은 글쓰기의 본질적인,

마법과도 같은 진실을 부정합니다.

여러분이 어디에 있든 항상, 그리고 즉시

어디로든 갈 수 있다는 진실 말입니다.

문장의 틈새는 때로는 호흡을 가다듬는 기능을 하고

때로는 여운을 주는 여백이 되기도 합니다.

여러분은 어디에서나 어디로든 갈 수 있으며

어디에서든 시작할 수 있고

어디에서든 끝낼 수 있습니다.

단 하나로 정해진 순서란 없습니다.

본질적인 진실이 하나 더 있습니다.

글은 마지막에 밝혀질 의미를 통해

가치가 입증되는 것이 아닙니다.

만약 여러분이 책읽기를 좋아한다면— 분명 그렇겠지요—

어느 부분을 읽든 그 순간에 만족할 것입니다.

의미가 등장하기를 기다리는 것이 아니라

읽어내려가는 모든 문장에 흥미를 느끼겠지요.

…

글쓰기는 의미가 드러나는 마지막의 '요점'으로

독자를 운반하는 컨베이어벨트가 아닙니다.

잘 쓴 글은 한 문장 한 문장이

중요하고 즐겁습니다.

논리 전개에 신중해야 합니다.

이야기가 바뀌거나 다른 방향으로 전개되는,

우리가 좋아하는 글에서 자주 일어나는 그런 변화가

필요한 곳에서만 활용해야 합니다.

그런 논리 전개는 어릴 적에

"그러던 어느 날"이라는 문구와 마주쳤던 순간을 떠올리게 합니다.

이 세 단어가 어떻게 느껴지는지

여러분은 정확히 알고 있습니다.

어떤 기능을 하는지도 알고 있지요.

글을 쓰다가 안 풀릴 때 이 세 단어를 기억하세요.

사용하지는 말고, 이 단어들이 갖는 가능성을 떠올려보세요.

요약하고 방향을 재설정하는 힘,

지면에서 고개를 들어 주변을 살펴볼 능력.

돛대 꼭대기의 망루에 서서

단어의 바다를 응시하며

조류의 변화와 풍향을 느끼듯

여러분의 기대감을 북돋우는 새로운 자극을 찾고

그것을 독자에게 전달하는 능력.

...

바로 그것이 논리 전개입니다.
여러분은 그것이 어떻게 작동하며 어떤 느낌인지
알고 있었습니다.
글자를 읽게 되기 전까지는 말이죠.

학교에서 배운 논리 전개는
문장과 단락을 초조하게 이어붙여 만든
자기 지시적인 누더기에 불과합니다.

문장과 단락을 이어주는
연결과 논리 전개 따위의 통사론적 결과물은
짧은 문장을 구사하여
여러분의 전달력을 회복하기 위해
반드시 버려야 합니다.

여러분이 짧은 문장들 사이에서 느끼는 허전함은 대개
논리 전개와 연결의 기능이 사라진 자리 때문입니다.

───────

논리 전개에 대한 집착은

독자가 단락 사이에서 길을 잃을 것이라는
전제에서만 비롯되지 않습니다.

문장 끝 마침표에서 비롯되기도 하는데,
마침표가 찍히면 이해력도 멈춘다고 생각하는 것 같아요.
긴 문장을 접할 때 흔히 나타나는 생각입니다.

장황한 문장은 대부분 손쉽게
여러 조각으로 분리할 수 있습니다.
문장이 장황해지는 것은 작가가
왜인지 문장의 단어와 문구와 생각 들이
마침표 왼쪽의 대피소에
옹기종기 모여 있어야 할 것 같다고 느껴
전부 다 한 문장으로 밀어넣기 때문입니다.

할말을 짧은 문장 두세 개로 나누면
좋아 보이지 않는다는 것이죠.
그래서 금방이라도 주저앉을 듯한
하나의 긴 문장이 만들어집니다.

장황한 문장은

마침표로 구분하지 않으면 독자가 따라오지 못할 거라는
작가의 우려를 배반합니다.
정말 중요한 것을 결정하고
몇 개의 문장으로 쪼개어 표현할 방법을 찾으려 하기는커녕
단어들을 하나의 문장에 욱여넣는
작가의 나태와 태만 또한 배반합니다.

하나의 장황한 문장은 짧은 여러 문장 사이에서 가능한 관계,
즉 마찰, 긴장, 짧은 문장 간에 통하는 찌릿한 전류를
모두 포기할 수밖에 없습니다.
하나의 장황한 문장은 자기밖에 관계할 대상이 없습니다.
문장 내부에서의 무기력한 교감만이 가능할 뿐입니다.

———————

또 어떤 걸 배웠나요?
"나는I"을 쓰지 말라고 배웠습니다.
그런 표현을 자주 쓰면
거울을 보고 글을 쓰는 것처럼 폐쇄적으로 보인다고 말이지요.

논픽션을 쓸 때, 독자와 곧바로 소통하기 위해

효과적인 표현을 궁리해 보여주기 위해
글의 주체가 된 적이 있었나요?
독자가 있는 글을 써본 적이 있나요?
자신에게 의미 있는 글을 쓴 경우는요?
"내가 대체 이걸 왜 쓰고 있는 거지?"라는 질문에
"월요일에 제출해야 하거든" 말고
합당한 답변이 존재했던 적이 있나요?

여러분은 완벽한 가짜 글쓰기 연습을 해온 것입니다.
본인이 믿지 않거나 믿을 수 없는 것을
쓰도록 강요받은 것입니다.
사실 아무도 듣지 않는다는 것을 알면서도
은연중에 주입된 말을 뱉는
이상한 복화술을 배운 것입니다.
여러분이 배워온 글쓰기는
진짜 소통과는 거의 아무런 상관이 없습니다.
글쓰기를 성가신 잡무나
단순한 단어 배열하기, 고된 일로 취급하고 있지 않나요?
단어나 문장의 성격에는 관심을 기울이지 않은 채
의미나 주장을 단장하는 방법에만 치중하지 않았나요?
'격조 있는' 글의 뻣뻣하고 인간미 없는 태도를

모방하려고 말이죠.

또한 여러분은 독자와 스스로를 불신하는 법을 배운 것입니다.

학교 숙제로 글을 쓸 때
어휘력이 자꾸만 쪼그라드는 느낌이 들었던 것을 기억하나요?
끝에 가선 몇 안 되는 똑같은 단어가
커다란 파리처럼 머릿속을 맴도는 느낌.
바로 권태로움 때문에 생기는 현상이죠.
여러분은 처음부터 권태로워했습니다. 그럴 만도 하죠.
여러분은 하나의 글을 완성하려면
설득하거나 증명하거나 논증하거나
거듭 강조하거나 입증하거나 인용하거나 예를 들어야 한다고
귀에 못이 박이도록 들었습니다.
관심을 기울이거나 관찰하는 법,
무언가를 발견하거나 의사를 분명히 밝히는 법에 관해서는
아마도 들어본 적이 거의 없을 것입니다.
여러분은 자신만의 증거를 정립하는 것이 아니라
외부의 권위자들에게서 수집한 증거를 활용하라고 배웠습니다.
이는 논리를 보강하는 방법일 뿐
명료한 글쓰기로 여러분의 주장이 힘을 얻게 하는

방법은 아닙니다.

…

여러분은 또한 독자로서의 경험을
작가로서의 경험 부족과 분리하도록 배웠습니다.
하지만 독자로서의 경험을 신뢰하는 것이야말로
가장 필요한 덕목입니다.

———————

학교에서 우리는
글쓰기는 창의적인 작가 내부의 화산 비탈길에서 흘러내리는 용암처럼
발산된다고 배웁니다. 혹은 그런 관념을 흡수합니다.
그 흐름은 멈출 수 없는 것으로 여겨집니다.
그럼에도 우리는 작품을 연구할 때 그 녹아 흐르던 불덩이가
단단히 굳어 바위가 된 것처럼 전제하죠.

하지만 글은 저자의 뇌가 폭발한 결과물이 아닙니다.
흘러넘치지도 않습니다.
글은 상상할 때보다 종이 위에 쓰일 때
더욱 역동적입니다.

우리는 글을 읽을 때 중요한 한 가지를 잊어버립니다.

모든 문장은 달리 적힐 수도 있었다는 사실을 말입니다.

문장이 최종 형태를 얻기까지 거친 모든 결정을

우리가 알 수는 없습니다.

하지만 그런 결정의 잔여물을 볼 수는 있지요.

박물관이나 도서관에는 작가의 초고가 보존되어 있습니다.

그 원고를 한번 보세요.

여백에 휘갈겨 적은 수정사항들을 심심치 않게 볼 수 있습니다.

수정사항을 적기 전

작가의 머릿속에서 있었던 수정에 관해서는 알 수 없지만요.

작가의 머릿속으로 들어가서

문장과 문장 사이를 훑어본다고 상상해봅시다.

모든 단어가 전에는 다른 단어였음을 알 수 있을 것입니다.

작가가 셀 수 없이 많은 경우 가운데

여러 대안을 구현해본 뒤

마침내 어떤 단어를 쓸지 결심하기까지

심사숙고한다는 점을 깨달을 것입니다.

그러고 나서도 계속 수정하기를 반복하지요.

글이 인쇄되어 책으로 나오고, 작품집으로 묶여
마치 바위에 새겨진 듯 확정되기 전까지
이 과정은 되풀이됩니다.

마지막 순간까지 수정의 연속이지요.

글로 이루어진 모든 작품은 수천수만 번 결정한 결과입니다.
어떤 단어를 어디에서 언제 꺼낼지 복잡하고 미묘한 결정들이
끝없이 반복됩니다.

글은 작가의 선택이 만드는 생명체와 같습니다.
먼 옛날 활동했던 동물의 화석 기록이 아닙니다.
그 결정들을 곱씹어보세요.
문장 하나하나가 쓰인 이유를 추론해보세요.
왜 다른 방식이 아니라 이렇게 되어야 했을까?
왜 이런 단어들이어야 했을까?
왜 저런 문구일까?
왜 그런 리듬일까?

작가나 작품에 관한 이론이나 가설을 세우려고
이런 질문을 던지는 것이 아닙니다.

이런 질문은 글의 형태를 파악하는 데 도움이 됩니다.

답이 따로 있는 것은 아닐지 모릅니다.

이렇게 질문하는 행위 자체의

효과를 체감하는 것이 중요합니다.

제인 오스틴, 제임스 볼드윈의 글을 읽고

"왜 이 문장은 다른 식이 아니라 이런 식이지?"라는 의문을 품

는다고 칩시다.

하찮고 정답이 없는 질문 같아 보일 것입니다.

하지만 문장을 바꿔써보고, 다른 리듬을 적용해보고,

기존의 단어와 구조를 다른 것으로 대체해보면

생각이 달라질 것입니다.

내가 제인 오스틴과 제임스 볼드윈이 쓴 문장을 수정한다고?

안 될 거 있나요? 실험일 뿐인데요.

한번 시도해보면, 작가가 내리는 수많은 선택에 깃든

내재적 필연성을 일별하게 될 것입니다.

한 줄과 한 줄, 단락과 단락, 페이지와 페이지 사이의

보이지 않는 긴장을 보게 될 것입니다.

이런 다양한 긴장은 논리와 의미가 세운 구조물이 아닙니다.

메아리와 응답, 솔직함의 순간과 그 여파,

회복탄력성과 집중, 느낌과 충동 사이의 기교가 세운 것입니다.

"왜 이 문장은 이렇게 쓰였지?"는
"왜 저 문장은 저렇게 쓰였지?"에서
답을 얻을 수 있습니다.
얼핏 순환논리에 빠진 듯 보이지만,
어떻게 문장들이 변형되고 서로 영향을 주고받으면서
좋은 글의 규범을 창조해내는지 이해하고 나면
달리 보일 것입니다.
좋은 글은 표면적인 힘과 내부에 존재하는 긴장의 균형을 통해
가장 미세한 효과도 눈에 띄게 만듭니다.

이는 작가의 천재성이나 영감 혹은
의도에 대한 서술이 아닙니다.
모든 문장이 다른 모든 문장에 영향을 주는
방법에 관한 언급입니다.
작가가 자신의 문장에 대해 갖는 주의력을 말한 것입니다.
작가의 문장들이 서로 귀를 기울이는 방식을 묘사한 것입니다.

글은 작가의 선택 끝에 남은 잔여물, 결과입니다.
작가는 각 문장의 형태를 선택하고
한 문장이 다른 문장을 형성하는 방법을 선택합니다.

바로 이것이 우리가 작가로서 글을 읽는 방법입니다.

문장 하나하나에 내재되어 있는 결정에 주의를 기울이면서 읽는 것.

문장 자체의 구조 속으로 들어가면 그런 결정들이 보입니다.

여러분이 쓴 글—읽히기를 바라며 세상에 내놓은 글—은

여러분이 만든 선택과 결정의 결과입니다.

그 선택과 결정은 전적으로 여러분의 책임 아래 있습니다.

그럼 선택이란 무엇일까요?

이는 뉘앙스란 무엇인지 묻는 것과 같은데요,

답은 여러분이 얼마나 예민하게 지각하느냐에 달려 있습니다.

———

여러분은 스스로 생각해서 발견해낸 것,

자기만의 사고와 지각을 들여다봄으로써 깨달은 것을

하찮고 금지된 것으로 여겨야 했습니다.

바로 그것이 여러분이 받은 교육의 핵심이었지요.

그 결과 여러분은 생각하기를 두려워하고

자기 자신의 사고가 흥미진진하다는 사실을

믿지 않게 되었습니다.

자기 생각에 관심을 두는 법조차 몰랐으니까요.

혹은 이랬을 수도 있겠군요.

여러분은 자기 생각에 흥미를 느꼈지만

그것이 정해진 글쓰기 주제와는 전혀 부합하지 않았던 것이죠.

여러분 스스로 알아차린 것에 대해서도 마찬가지입니다.

여러분은 자신이 그러했다는 사실조차 모릅니다.

왜냐하면 자신이 알아차린 것이 값지다는 사실을

배운 적이 없기 때문입니다.

흥미가 가는 대상을 알아차렸다 해도

글로 써야 했던 주제와는 별 관련이 없었을 것입니다.

하지만 여러분이 알아차린 것은 모두 중요합니다.

이렇게 생각해봅시다.

여러분이 무언가를 알아차리는 건

그것이 여러분에게 중요하기 때문입니다.

하지만 자신의 지각을 무시하도록 훈련받는 세상에서

여러분은 스스로에게 허락한 것만 알아차립니다.

그 범위는 알아차려도 되는 걸 승인 받았다고 느끼는 만큼만

한정되지요.

여러분이 알아차린 것이 중요한지 아닌지를
누가 판단할까요?
바로 여러분 자신이어야 합니다.
여러분이 행사하는 이 권위는 '어떻게 쓰는가' '무엇을 쓰는가'
와 떼려야 뗄 수 없습니다.
여러분 고유의 사고방식과 지각이 갖는 형태와 의미에
관심을 기울이는 능력과 밀접하게 관련되어 있습니다.

작가가 된다는 것은
자기에게 권위를 부여하는 행위의 연속입니다.
누구에게나 마찬가지입니다.
여러분 자신만이 스스로에게 권위를 부여할 수 있습니다.
글을 잘 씀으로써, 끊임없는 발견을 통해 말입니다.
다른 사람은 여러분에게 권위를 부여할 수 없습니다.
그 누구도 말이죠.
하룻밤 사이에 가능한 일은 아닙니다.
글쓰기가 향상됨에 따라 점진적으로 나아가는 과정이지요.
…
일단 여러분의 관심사를 포착하는 방법을 익혀보세요.

사람들은 대부분 알아차린 것에 신경쓰지 않도록 배웠고,

그렇기에 관심사를 알아차리는 법도 배운 적이 없습니다.

본인의 흥미를 끄는 것이 무엇인지도 모릅니다.

또한 사람들은 세상이 완벽하게 알려져 있다고,

이미 남김없이 탐구되었으며

가지런히 정리 분류되어 있다고 생각합니다.

진짜 권위를 갖춘 사람들 덕분에 말이죠.

그래서 이미 권위를 가진 주제를

이미 권위를 가진 언어로 다룹니다.

제가 왜 이런 말을 하는 걸까요?

학생들에게 아무거나 원하는 것을 써보라고 하면

처음에는 이미 발표되어 어디선가 본 글과 비슷해 보이기를

바라며 씁니다.

닮고 싶은 글에서

누군가가 이미 다루었기 때문에

권위가 생겼다고 믿는 주제에 대해 씁니다.

그런 방식의 글쓰기는 은밀하게 타인의 권위 아래

피난처를 만들어놓는 방법입니다.

"사실 당신은 내가 생각하거나 알아차리는 것에 흥미 없단 거

알아"라고 말하는 셈입니다.

하지만 그것이야말로 독자가 관심 갖는 것입니다.
여러분의 문장이 독자에게 손을 내민다면 말이죠.

알아차리는 걸 연습할 수 있을까요?
할 수 있습니다.
하지만 참을 줄 알아야 합니다.
여러분 밖으로 무엇인가를 쏟아내려는 욕망을
중지시켜야 합니다.
알아차림은 세상을 여러분 안으로 빨아들여
단어로 바꾸는 것이 아니라
여러분 자신을 세상 속으로 내보내는 것입니다.

알아차림을 연습하면 참을성을 익히고
마음의 본질에 대해 알 수 있습니다.
알아차림은 모든 감각을 깨워 생각하는 것입니다.
이는 또한 글쓰기가 아닌 활동입니다.

그렇다면 알아차림이란 무엇일까요?
의식의 촉수이자

가장 두드러지는 세부사항입니다.
알아차린 대상에 사로잡힌 마음을 발견하고,
그로부터 자신을 자유롭게 하는 데 집중하는 것입니다.

장비나 특별한 도구, 장치는 필요 없습니다.
여러분은 이미 일상에서 알아차림을 연습하고 있습니다.

무엇을 알아차리는 걸까요? 무엇이든 좋습니다.
행동, 생각, 우연히 들은 말, 빛, 비슷한 구석,
감정, 전체, 부분,
일하면서, 책 읽으면서, 지하철 안에서
여러분의 지각 범위에서 찾은
어떤 것이든 좋습니다. 사소해도 상관없습니다.
각자 다른 그 패턴이
바로 '스타일'이라는 요소입니다.

여러분이 알아차린 것에는 아무 의미도 없습니다.
그것에 어떤 의미도 부여하지 마세요.
그것은 무엇인가를 보여주거나 상징하지 않습니다.
세계를 설명하는 이론도, 교훈을 주는 우화도 아닙니다.
말을 더하지 마세요.

수집하려 들지도 말고, 사라지게 놔두세요.
참을성 있게 다음에 알아차릴 것을 기다리세요.

작가들은 흔히 순식간의 관찰과 찰나의 경험을
되도록 빨리 은유와 '글감'으로 바꾸려는 충동에 사로잡힙니다.
마치 모든 지각이 비유로 귀결된다는 듯 말입니다.
하지만 작가는 세상을 단어로 변환하는 발전기가 아닙니다.
작가의 목표는 정반대입니다.
여러분이 알아차린 세상의
구체적이고 견고한 모습에 최대한 가까이 다가가
여러분만의 단어와 문구를 낚아채는 것이죠.

알아차리려고 서둘러서는 안 됩니다.
알아차리려고 노력해도 소용없습니다.
집중하려면 주도면밀한 수동성이 필요합니다.
…
왜 이것, 이 순간, 이 갑작스러움이
여러분의 주의를 끌었는지 고민해보세요.
여러분이 알아차린 것은 단지
여러분을 사로잡은 그것만이 아닙니다.
생각이 꾸준히 흐르다가 급작스럽게 중단되기까지

여러분의 마음이, 주의가 움직인 방식도 알아차린 것입니다.

무언가를 알아차린 다음에는 떠나보내세요.

알아차리는 것을 연습하는 방식으로 문장을 만들 수 있습니다.
머릿속에 문구를 떠올리고
그것에 담긴 가능성을 살펴보고
그런 다음 꺼내놓아서,
단지 안에 보관하듯
정형화된 문장들로 묶어두지 말고
사라지는 문장을 만드는 것입니다.

언제나 알아차릴 것들은 있고
몇 개쯤 버려도 될 만큼 문장은 충분합니다.

쓰고자 하는 욕망이 너무 강한 작가 지망생들은
내면에서 밖으로 뭔가 쏟아내기를 간절히 바랍니다.
여러분에게는 알아차림을 연습하고
문장을 만들 공간이 필요합니다.
거짓 없는 명료함을 관찰하고
생기 가득하고 창의적이며 자아인식이 뚜렷한

문장들을 만들 공간 말이죠.
여러분의 마음이 바로 그런 공간일 겁니다.

알아차림과 공간 만들기는
우리의 글쓰기를 지탱해주는
습관, 편안함, 신뢰, 풍부한 감각을 선사합니다.
그리고 여러분의 마음은 절대로
진정 중요한 것들을 포기하지 않을 것이고요.

―――――――

알아차림을 연습하면서 여러분을 둘러싼 세상이
이름들로 얼마나 촘촘하게 채워져 있는지 보세요.
점차 알아차리게 될 것입니다.
우리도 여러분과 같은 방식으로 보게 만들 말을 찾기보다
여러분이 알아차린 것들의 이름,
세상의 존재를 세세하게 드러내는 이름을
찾게 될 거예요.

처음에는 세상을 구성하는 이름들의 촘촘함과 세세함을
파악하기가 쉽지 않을 것입니다.

세상의 어휘는 서로 겹쳐져 있습니다.

세대를 거듭한 교역과 탐험의 결과 곳곳으로 전파된

끝없이 복잡하게 분류된 규정의 용어들이

이름들을 만듭니다.

모두 가까이에 있습니다. 여러분이 찾고자 한다면 말입니다.

…

이런 풍부한 언어 유산을 무시하지 마세요.

사물의 이름을 알고

필요에 따라 불러내 사용할 줄 알아야 합니다.

이는 단지 어휘를 늘리는 것에 그치지 않습니다.

이러한 지각의 순간,

여러분의 존재에 관해 알고 있는 모든 것이

여러분이 부르기 전까지는 보이지 않는 이름,

그 언어의 평행세계와 겹쳐져 있음을 이해하게 됩니다.

하지만 여러분은 무기력한 동사가

표정 없는 명사 위에서 겉도는 문장을 만들도록 배웠습니다.

세상을 내용물 없는 껍데기로 만드는

이론적 토대 위에서 쓰라고요.

그 누구도 책임지지 않는 수동적인 글쓰기 말입니다.

그런 글에서 은유란 무엇일까요?
풀어쓰기, 무대 소품, 기껏해야 명확한 설명일 테지요.
길고 복잡한 클리셰에 가깝거나
십중팔구 별것 아니며 보통 자기 안에 갇혀 있는 표현,
그나마도 초주검 상태에 빠진 은유로 확대할 요량에
서너 문장으로 늘어뜨린 표현 말입니다.

진정한 은유는 날래고 맹렬한 언어의 비틀림,
이름이 있는 것에 새 이름을 붙이는 행위입니다.
눈 깜짝할 사이 사라졌다가도
깨달음이 폭발하는 순간
명백히 빈틈없는 관련성을 드러냅니다.
은유의 신축성, 불확실성은
한 줄기 빛이 아니라 연기구름입니다.
다른 수사적 장치와 마찬가지로
덜 사용할수록 더 효과적입니다.

리듬, 언어의 비틀림,
표현 뒤에 숨은 뜻을 독자에게 전달하는 능력과 같은
시의 정제된 표현 방법으로 산문을 써보세요.
또한 시는 품기 어려운 여유와 산문 본연의 솔직함,

그 당당한 솔직함으로 쓰도록 노력해보세요.

잘 읽는 방법을 터득하는 데 가장 어려운 점은
작가가 모든 문장을 의식적으로, 의도적으로 썼다는 사실을
받아들이는 것입니다.
이는 오직 잘 쓴 글에서만 가능하지요.

종종 문장이 저절로 형태를 갖추면서
마치 여러분 생각을 읽은 듯
단어가 자동으로 나온 경험이 있을 것입니다.
그런 문장들은 거의 매번 지워지게 되지요.
따분하고 틀에 박혀 있으며 사용되는 양식도 제한적이어서
예상 가능한 문구, 피할 길 없는 클리셰일 뿐입니다.
클리셰는 케케묵은 재료입니다.
글 전반을 부패시키고
머지않아 여러분의 두뇌를 갉아먹을 것입니다.
클리셰를 반어적으로 사용해도
이 문제를 해결할 수는 없습니다.
'인용'하거나 맥락을 뒤집거나 농담 소재로 활용한다 해도

부패가 덜해지는 것은 아닙니다.

클리셰는 그저 익숙하고 과용된 말이 아닙니다.

그것은 다른 이의 생각 부스러기, 즉

'자연스럽게' 긁어모아 여러분의 문장에 넣은

단어들의 조합입니다.

클리셰는 신문 스포츠면 기사나 연설문을 쓰는 사람에게나

필요합니다.

그런 글에서 클리셰는 영생을 누리지요.

여러분이 어떤 문장을 쓸지 고민하지 않기 때문에

문장이 저절로 나서는 것입니다.

여러분은 어딘가 있을 의미를 향해,

큰 그림의 목적을 향해 달려가느라

그런 문장들을 보고도 무시합니다.

어쩐지 지금 쓰고 있는 문장 하나보다

그런 것들이 더 중요한 듯싶거든요.

여러분이 찾아 헤매는 의미나 글 전체의 목적이

여러분이 쓰는 문장에 전적으로 달려 있는데도 말입니다.

사실 글에 담긴 의도와 빨리 다 써버리고 싶은 마음 때문에

문장에 쏟아야 할 주의가 분산되어버린 것입니다.

독자가 읽는 것은 문장인데 말입니다.

저절로 나오는 문장은 여러분이 받은 교육의 잔재입니다.
어른을 모방하고 싶은 욕망,
놀랍도록 구조적으로 엉성하고 시시한 문장으로 채워진
주위의 흔해빠진 글들의 유산입니다.

저절로 나오는 문장은 거의 모두 습관입니다.
바꿀 수 있습니다.
다만 여러분이 읽는 문장의 형태와
여러분이 쓰는 모든 문장에
수년 동안 질문을 던진 이후에야 가능합니다.
"수년"이라는 단어에 기겁하지 마세요.
몇 달 더하기 몇 달 더하기 몇 달로 생각하면 됩니다.

단지 저절로 나왔다는 사실 때문에
저절로 나온 문장을 영감의 결과로 착각할지도 모르겠습니다.

이는 오히려 영감이라는 관념을 버려야 하는 이유입니다.
영감이라는 관념으로 인해
저절로 쓰이는 문장을 고쳐쓰려 하지 않기 때문입니다.
오직 수정만이 간직할 만한 문장인지 아닌지를 알려줍니다.

...

문장을 받아쓰는 것은 작가가 할 일이 아닙니다.

단어 하나하나로 문장을 만드는 것이 작가의 일입니다.

저절로 나오는 문장,

저절로 튀어나온 주제,

저절로 잡힌 구조.

모두 버리십시오.

———————

작가 지망생들은 대부분 너무 일찍 씁니다.

그들은 글쓰기를 자의가 아니라 타의에 의한 행위로 생각합니다.

글쓰기에 대한 선입견, 즉 집필중인 작가의 이미지는 어떻습니까?

쫓기듯 책상에 가서

키보드나 펜을 움켜쥔 채

뻔한 자세로

무한한 가능성을 지닌 스크린을 응시하며

마치 몸을 구부리면 문장이 머릿속에서 튀어나와

화면에 옮겨질 듯이

골몰한 자세를 취하고 있지만, 사실은

생각을 할 리가 없지요.

하지만 글쓰기는 장비를 탓할 수 없고, 기대감으로 진행되는 것도 아닙니다.

…

일단 단어를 두세 개 입력한 다음—

여러분은 이것이 자연스럽게 문장을 시작하는 방식이라고 여기지요—

나머지가 나타나기를 기다리는 나쁜 습관에 대해 생각해봅시다.

사실 그 단어 두세 개 때문에

문장의 운명은 이미 돌이킬 수 없고

문장 구조도 결정되어버리지요.

두세 단어로 인해 여러분에게 주어진 선택지가 어느새

보잘것없고 궁색한 몇 가지로 줄어든 것입니다.

여러분이 얼마나 빨리 그 두세 단어와 한몸이 되는지 알게 되면

놀라움을 금할 수 없습니다.

다른 방식을 위해 그 단어들을 내치기란 또 얼마나 어려운지요.

글을 점검할 때 간혹

어떻게 썼는지 기억나지 않는 부분을 발견한 적이 있을 것입니다.

문장이 스스로 쓰인 것 같은 기억 상실 구간,

무의식의 흔적과 만날 때가 있습니다.

바람직한 상황이 아닙니다.

글쓰기를 마친 작가는 각각의 문장이 쓰인 과정과

본인이 내린 선택을 잊지 않습니다.

마치 살아 있는 용어 색인처럼

어떤 단어가 어디에 쓰였는지 알려줄 수 있습니다.

그뿐만 아니라 글을 쓰면서 내린 모든 결정을

글의 최종 잔여물 이외엔 더이상 독자에게 보이지 않는

자신의 내면에 간직하게 됩니다.

써내려간 문장을 그렇게 속속들이 기억한다는 건

불가능하게 들리겠지요.

하지만 이는 필연적인 결과입니다.

문장에 관해 곰곰이 생각했다면

애써 기억을 불러낼 필요가 없습니다.

이런 사실은 문장을 통해 자신이 무엇을 말하고자 하는지를 깨닫는 게

얼마나 어려운지 상기시킵니다.

작가들이 직면하는 어려움의 대부분은 글쓰기가 아닙니다.

의식,

집중,

알아차림입니다.

언어를 알아차리는 것도 포함되지요.

수정이란 근본적으로 문장을 의식하게 되는 행위입니다.

그 형태 그대로의 문장을

다른 문장들과의 관계 속에서 확인하는 것입니다.

처음에는 무척 어렵습니다.

왜냐하면 글을 읽으면서 우리는

조급하게 정답을 찾으려 하기 때문입니다.

그리고 의미를 추구하는 학교 교육으로 인해

지금껏 글의 실재—물리적인 실체—에

무지했기 때문입니다.

사실 글을 읽는 것,

특히 가장 좋아하는 글을 읽는 것은 본질적으로

우리로 하여금 글을 통해 인쇄면 너머의 세계를 볼 수 있다는

믿음을 품게 합니다.

우리 각자의 삶에서 생겨나는 익숙함은 때때로

우리의 눈을 가립니다.

글쓰기가 바로 그 예시입니다.

글에 반응한다는 것은 어떤 면에서

자기 자신에게 반응하는 것과 같습니다.

여러분이 익숙함에 가려져 있다면 아무리 열심히 살펴봐도

자기 자신에게는 제대로 보이지 않습니다.

수정의 기본 전략은 쓴 글을 낯설게 바라보는 것입니다.

쓴 글을 크게 읽어보세요.

귀가 눈보다 훨씬 더 똑똑합니다.

눈은 리듬을 보거나 원치 않는 반복을 들을 수 없지만

눈보다 느린 귀는 그럴 수 있기 때문이지요.

그러면 어떻게 소리내어 읽어야 할까요?

우리는 자신을 의식한 나머지
너무 극적으로 과장하거나 혹은 수줍어하는 경향이 있습니다.
귀기울이지 않고, 마치 자신과는 상관없는 단어들이라는 듯
기계적으로 읽어나가는 것이지요.
목소리 뒤에 숨거나
암기 과제를 해치우려는 듯 행동합니다.

종이 위의 단어들이
또박또박 읽히기를 기다린다 생각하고 읽어보세요.
여러분 자신이기도 하고 아니기도 한 청취자에게,
그리 멀지 않은 자리에 앉아 있는
상상의 청취자에게 읽어주세요.
그럴 경우 여러분의 주의는 단어에만 머물지 않습니다.
여러분은 단어들이 전달하는 것에 주목하게 됩니다.
소리내어 읽으면서 힘을 빼고
문장의 리듬감을 느껴보세요.
청취자가 문장 구조를 감지할 수 있도록 읽어주세요.
다른 이가 아니라 여러분이 청취자가 되어보세요.
자주 읽기를 멈추게 될 것입니다.

소리내어 읽다보면 어떻게 읽을지 선택할 수밖에 없지요.

어떤 톤과 어조로 읽을 것인가,

자신의 어떤 모습을 내보일 것인가,

어떤 인상적인 몸짓을 연출할 것인가 등등.

글쓰기도 정확히 똑같은 것을 요구합니다.

다들 그렇지 않은 척하지만

쓴 글을 소리내어 읽어보면 알 수 있지요.

제가 말하는 리듬이 무엇인지 잘 모르겠다면

노랫말을 떠올려보세요.

글에서는 좀더 섬세하지요. 박자와 멜로디는 잦아들고요.

무엇이 되었든 소리내어 읽어보세요.

신문 기사나 교과서, 소설이나 시의 몇 구절.

특히 시를 읽어보기를 추천합니다.

리듬을 이해하는 첫걸음이 될 거예요.

시 읽기는 소리내어 읽는 능력을 향상시켜줍니다.

글의 기저에 깔린 결을 포착하는 데 도움이 됩니다.

소리내어 읽는 데 숙달되면

문장 구조를 잘 이해하게 됩니다.

아이들이 돌아가며 한 단락씩 큰 소리로 읽던

학창시절 교실을 떠올려보세요.

잘 읽는 아이가 있는 반면 못 읽는 아이도 있었을 것입니다.

이해하고 있느냐 아니냐의 차이입니다.

문장의 의미가 아니라

문장의 결, 속도, 구조, 실재를 이해하는지의 차이 말이지요.

———————

멈추지 않고 한달음에 다 읽으려 들지 마세요.

귀가 문제점을 느낄 때,

그때 멈추세요.

그런데 문제가 있다는 것을 어떻게 알죠?

뭔가 이상하게 들릴 것입니다.

여러분의 내면에서 미묘한 거슬림,

이름 붙일 수 없고 파악하기 어려운 요동이 느껴질 것입니다.

"아! 이 대명사의 선행사가 잘못되었구나!" 하는 식으로

콕 집어 말하지는 못할 거예요.

(조만간 그럴 수 있겠지만요.)

정확히 알지는 못한 채 무언가 잘못되었음을 직감할 것입니다.

(이런 경험은 묵독할 때도 발생합니다.

하지만 그 강도는 세지 않겠지요.)

자, 집중해주세요.

여러분이 문장 구조, 문법, 수사법을 얼마나 많이 배워 알고 있든 간에

이 작은 내부의 떨림, 내면의 울림이

여러분이 얻을 수 있는 가장 유용한 증거입니다.

언젠가는 그 울림의 원인을 알게 될 날이 올 것입니다.

하지만 지금 중요한 일은 그 울림을 알아차리는 것이에요.

알아차림은 항상 계속되어야 하지요.

사실 지금으로서는 알아차렸음을 알아차리는 것이 목표입니다.

언젠가는 그저 알아차리는 것만으로 충분한 날이 올 겁니다.

여러분은 이미 문장 안에서

이 희미한 감정의 동요를 느낀 바 있습니다.

다만 흘러가게 내버려두었던 것이지요.

알아차렸던 많은 것이 이런 식으로 지나가버렸겠지요.

아무도 이런 내면의 감각을 무시하라고 가르치지 않았습니다.

아무도 그것들을 인식하라고 알려주지도 않았지요.

그것들이 존재한다는 사실을 인정한 사람조차 없었습니다.

여러분은 그런 감각을 중요하지 않은 것으로 치부했습니다.

주된 이유는 그것이 여러분 안에서 생겨났기 때문이었지요.

그렇다면 대체

여러분이 아는 것은 무엇입니까(여러분도 항상 궁금했겠지요)?

여러분은 많은 것을 알고 있습니다.

특히 의식 이전의 형태로 말이지요.

지금 내면의 느낌을 알아차리도록 해보세요.

그리고 절대 멈추지 마세요.

그 내면의 느낌은 여러분이 독자로서 쌓아온 기술과 경험의 표지입니다.

작가로서의 여러분에게도 엄청나게 유용하지요.

글쓰기는 높은 수준의 내적 주의력을 요구합니다.

특히 일이 잘 안 풀릴 때 그렇습니다.

여러분은 곧 이상 없는 문장과

이상한 문장을 알아보는 법을 알게 될 것입니다.

그러나 그때까지, 어쩌면 그후로도 오랫동안

내면에서 일어나는 소요에 기대어 문제를 살피는 편이 쉬울 것입니다.

글쓰기뿐만 아니라 감정에도 주목하라는 뜻입니다.

슬픔, 비통함, 우울함, 죽고 싶은 충동, 환희 등 거창한 감정을 말하는 것이 아닙니다.

짜임새가 열악한 문장을 보면 밀려오는 두통처럼

창백하고 이름 없는 불안.

간파하기 어려운 모호한 상태가 야기한 가벼운 현기증.

문장 구조가 어색해서 생기는 불편함.

문장 구조가 일으키는 감정에 이름을 붙이기란 어렵습니다.

붙일 만한 이름이 없거든요.

중요한 것은 그 감정이 가리키는 무언가입니다.

그 원인을 찾아 고치세요.

방법을 잘 모르겠더라도 시도하세요.

―――――――

글을 좀더 참신하게 보이도록 만드는 또다른 방법이 있습니다.

모든 문장을 하나의 단락으로 만드세요.

(마침표를 찍고 엔터를 치세요.

종이에 손으로 쓴다면 문장을 매번 다음 줄에서 시작하세요.)

어떤가요?

문장 길이에 따라 그래프가 그려졌을 것입니다.

그 길이의 차이가 보일 것입니다.

문장과 문장이 어떻게 다르거나 다르지 않은지도 보일 것입니다.

변화는 분량에 있어서도 구조에 있어서도 글의 생명입니다.

문장을 하나씩 세로로 배열하면 자세히 관찰하기 쉬워지겠지요.

그러다가 여러분은 불현듯 문장 간의

형태적 유사성을 발견하게 됩니다.

예를 들어 문장들이 서로 분리되어 있는 것이 아니라

서로 연결되어 있음을 알아차립니다.

그리하여 수정하는 법을 깨치고

좋은 문장을 만드는 데 도움이 될

간단명료한 질문들을 하게 될 것입니다.

문장이 주어로 시작하는가?

주어 앞에 도입어구가 있는 문장은 몇 개인가?

'~할 때when' '~한 이후로since' '~한 반면while'

'~하기 때문에because'로 시작하는 문장은?

'~이 있다there'나 '~이다it'로 시작하는 문장은?

어떤 명사들이 쓰였는가?

추상명사? 일반명사?

-ion으로 끝나는 라틴어 어원의 다음절 명사도 있나?

혹은 실재하는 사물에 붙은 고유 명칭인가?

문장 속 주어가 동사의 내용을 수행할 수 있는 주체인가?

만약 그렇지 않다면, 문장을 바로잡을 수 있나?

주어가 행위할 수 있는 실체(예를 들어 인간처럼)의 행동을 숨기고 있나?

주어가 호응하는 동사와 얼마나 가까운가?

삽입구 때문에 떨어져 있나?

그것이 문장의 속도에 어떤 영향을 끼치나?

동사 중에 be 동사가 얼마나 많은가?

동사들은 능동적이고 활동적인가?

아니면 그저 연결하거나 배열하거나

나타내거나 보여주고 있나?

문장 구조가 수동형인가?

'~이기에 as'가 어떤 의미로 얼마나 자주 등장하나?

with를 전치사로 사용했나, 아니면

가짜 접속사나 가짜 관계대명사로 사용했나?

신경을 쓰지 않은 탓에 의도치 않게 단어가 반복되었나?

모든 어구가 적절한 자리에 적절한 단어로 채워져 있나?

모든 것이 제 위치에 있나?

문법적으로 완전히 틀린 부분이 있나?

부적절한 단어는?

직접목적어가 필요한 타동사마다 빠짐없이

직접목적어가 호응하나?

수식어구로 문장이 시작될 때 주어가 수식을 받고 있나? (그래야 합니다.)

문장이 둘이나 셋으로 쪼개지나?

위의 질문들이 지나치게 기술적으로 들리나요?

기본적인 사항들입니다.

하지만 이 질문들은 글쓰기에 관한

또다른 잘못된 가정을 상기시키지요.

많은 사람이 비판적, 분석적 의식과 창의성 사이에

필연적인 갈등이 있다고 상정합니다.

창의적인 예술가는 무의식적으로 작업하기에

문법이나 문장 구조 같은 것을 필요 이상으로 많이 알면

창의성이 사라지거나 무뎌지리라고 상정하는 것이지요.

터무니없는 생각입니다.

글을 잘 쓰기 위해

문법이나 문장 구조 전문가가 될 필요는 없습니다.

그러나 자동사와 타동사의 차이점은 꼭 알고 있어야 합니다.

능동형과 수동형 구문의 차이점,

대명사와 그것의 선행사의 관계,

언어의 구성 요소를 모두 숙지해야 합니다.

시제에 따라 바뀌는 동사,

분사의 유형과 수식어로 쓰일 때의 역할,

영어가 모국어인 사람에게도 가장 어려운

전치사의 미묘함 말입니다.

아이러니, 과장법, 다양한 종류의 비유 등

수사적 기교가 담긴 연장통이 필요합니다.

어휘력을 꾸준히 확장해야 합니다.

거의 모든 단어가 여러 의미를 지닌다는 것도 알고 있어야지요.

의심이 갈 때는 익숙한 단어라도 찾아봐야 합니다.

의심 가지 않을 때는 더욱더 찾아봐야지요.

다시 말해서, 아주 자주.

다시 말하면, 글을 쓸 때마다.

단어의 역사는 의미의 일부입니다.

경우에 따라서 의미의 더욱 긴요한 부분이 되기도 합니다.

단어가 가질 뉘앙스를 결정하는 것은 여러분의 몫입니다.

그렇지 않다면 어떻게 올바른 의미를 정확히 쓸 수 있겠습니까?

그렇지 않고서 독자가 어떻게 여러분을 신뢰하겠습니까?

이 책임을 전가할 수는 없습니다.

뉘앙스는 어원에 이미 녹아 있습니다.

…

autopsia라는 고어가 좋은 예입니다.

다른 책을 쓰다가 마주친 단어인데요.

글의 맥락이 혼동을 주기도 했고 autopsy와 비슷하기도 해서

박제 동물이나 해부 동물의 컬렉션,

박물학자가 수집했을 법한 컬렉션이겠거니 예단해버렸습니다.

하지만 좀더 신중하게 어원을 살펴봤다면

'혼자서 보는see for oneself' 물건의 모음이라는 것을

깨달았을 것입니다.

어원이 '스스로 보다see for oneself'인 익숙한 단어

autopsy를 찾아보고 알게 됐거든요.

여러분은 생각보다 자세하게

아는 단어의 의미도 모두 찾아보아야 합니다.

그것만이 의미와 어원,

리듬이 담긴 발음을 확실하게 알 수 있는

유일한 길입니다.

여러분의 어휘가 지금까지 홀로 습득해온see for oneself 단어들,

즉 autopsia라고 생각하세요.

문법과 문장 구조 용어를 잘 모른다면 이렇게 해보세요.

품사부터 알아봅시다.

좋아하는 작가의 글을 몇 페이지 복사하거나 출력하세요.

(예를 들어 존 맥피의 『그 땅으로 들어가며Coming into the Country』도입부)

색연필이나 연필을 준비하세요.

색깔을 하나 골라 명사에 모두 동그라미 표시를 하세요.

그러고는 표시한 것들에 관해 가만히 생각해보세요.

그다음 다른 색깔을 골라 모든 동사에 동그라미를 치세요.

다시 멈춥니다.

부사, 형용사, 전치사, 접속사, 감탄사도

위와 같이 반복합니다.

남은 단어가 있나요?

없어야 합니다.

이렇게 하면 품사를 분명히 파악하게 되고,

저자가 그것을 어떻게 쓰는지도 알 수 있습니다.

여러분을 시험에 들게 하는 단어가 있으면 사전을 찾아보세요.

좋은 사전이라면 품사가 적혀 있을 것입니다.

언젠가 하겠지 하고 미루지 마세요.

지금 바로 해보세요. 재미있거든요.

이제 종이를 한 장 더 마련해서

약간 어려운 버전으로 실험을 이어가보겠습니다.

직접목적어에 동그라미를 치세요.

그다음에는 간접목적어.

분사.

관계대명사.

은유와 직유와 비유.

의미를 왜곡한 듯한 단어.

특별히 리듬감 있는 문구와 문장들.

흐름, 시간, 목소리가 바뀌는 지점.

흥미로운 문구.

진행을 멈춰 세우는 단어.

중요해 보이든 그렇지 않든, 여러분이 알아차린 것은 무엇이든

여러분이 알아차렸기 때문에 중요합니다.

여러분을 놀라게 하거나 신경이 쓰이는 단어가 있나요?

단어의 뜻을 말하는 것이 아닙니다.

모르는 단어는 이미 다 찾아보았을 테니까요.

그렇죠?

대상을 비교하는 질문에 답하는 것이
판단 기준이 드러나지 않은 질문에 답하는 것보다 쉽습니다.
"이 문장이 저 문장보다 더 긴가요?"가
"저 단어는 시적입니까?"보다 답하기가 더 쉽지요.
문장 길이를 비교하는 데는 많은 경험이 필요하지 않습니다.
하지만 단어의 쓰임새가 시적인지 판단하려면 많은 경험이 필
요합니다.
그런 경험은 어렵지 않게 얻을 수 있습니다.
시를 읽으면 됩니다.
시인이 되어보세요.
그들에게서 배우세요.
…

먼저 비교형 질문을 던져봅니다.
글쓰기가 어떻게 작동하는지를 배울 수 있을 거예요.
글에서 측정과 계산이 가능한 것들,
즉 양적인 요소를 조사하세요.
리듬, 반복의 패턴, 단어와 문장 길이,
단락 길이, 줄임표의 너비 말입니다.
문장 간의 거리를 재보세요.

어떤 문장들은 가까이 붙어서 조금씩 전진하고

어떤 것들은 서로 거리를 둔 채

느슨하게 나아가고 있을 거예요.

이런 종류의 질문들이 글의 성격과 작성 과정을 알려줄 것입니다.

우리는 너무나 당연하게도 읽기의 즐거움이

지각, 지혜, 우아함, 위트, 아이러니를

발견하는 데 있다고 생각합니다.

그런데 물리적 구조, 구체적 세부사항, 문장의 리듬에서

우리가 얼마나 많은 즐거움을 발견하는지는 잘 모르지요.

읽으면서 마주친 단어,

특히 흔치 않거나 익숙하지 않은 단어에 관해 자문해보세요.

(물론 익숙한 단어도 건너뛰지는 말고요.)

어디에서 왔는가?

무슨 작품에서 발견했나?

어떤 맥락에서 누가

사용할 것 같은 단어인가?

모든 단어가 사회적으로 약속된 역할을 담당한다는 사실을

깨닫게 됩니다.

이제 분위기가 다른 글로 똑같은 실험을 해봅시다.

(존 디디온의 『베들레헴을 향해 구부정하게 서다Slouching Towards Bethlehem』에 실린 에세이 「황금빛 꿈을 좇는 사람들Some Dreamers of the Golden Dream」을 시도해보세요.)

그다음에는 경제면 기사나 베스트셀러, 또는 학술 논문처럼 아주 성격이 다른 글로 실험을 이어가보세요.

무엇을 발견했나요?
글의 패턴이 다르고 어휘가 다를 것입니다.
그에 따라 문장의 결과 리듬도 달라지지요.

여러분이 직접 쓴 글로 실험해보세요.
무엇을 알아차렸나요?

비교 목록을 만듭시다.
디디온이 사용한 명사의 세계와 맥피가 쓴 명사의 세계가 어떻게 다릅니까?

논문의 명사와 경제면 기사의 명사는 어떻게 다른가요?

여러분이 쓰고 있는 글과는 어떻게 다른가요?

동사와 문장 구조에 관해서도 똑같은 질문을 던지세요.

작가의 감정을 독자에게 표현하는 방법도 자문해보세요.

화자나 서술자로서 여러분의 감각은 얼마나 강한가요?

그런 감각은 어떻게 생겨났고 어디서 감지되나요?

이렇게 상상해봅시다.

모든 글은 단어와 구조와 리듬으로 이루어진 생태계입니다.

제각기 다른 글의 생태계는 얼마나 풍요롭고 다양할까요?

그 생태계의 요소 중 무엇이 가장 큰 즐거움을 선사하나요?

왜 그렇죠?

여러분 자신과 여러분이 발견한 것들을 의심하지 말아요.

이것은 시험이 아닙니다.

모든 독자는 각기 다른 것을 알아차립니다.

자신이 알아차린 것들의 중요성을

모두 다 파악할 수는 없습니다.

그러니 단념하지 마세요.

여러분이 알아차린 것에 의미를 부여하려 들지 마세요.

그저 관찰하세요.

다시 말하지만, 이런 발견의 효과는

이런 발견을 하는 것의 효과를 알아차리는 데 불과합니다.

여러분은 문장이 어떻게 만들어지는지, 어디가 잘되었고 잘못되었는지

간파하는 데 매우 능숙해질 것입니다.

———

문법과 문장 구조를 생각해보는 것 또한

여러분의 문장을 참신하게 만들기 좋은 방법입니다.

그렇게 하면 문장의 뼈와 근육이 연결되는 방법과

그 움직임의 원리를 보게 되거든요.

하지만 잊지 마세요.

문법과 문장 구조의 근본 언어를 배우는 목적은

틀린 부분을 바로잡거나 문법 규칙을 이행하기 위함이 아닙니다.

오히려 여러분이 규칙을 무시한 탓에

글 읽기가 방해받는 것을 막기 위함입니다.

독자는 여러분과 똑같이

문장 안에서 이상한 일이 벌어지면

미묘하고 어수선한 기분을 느낍니다.

모든 독자는 항상 둘입니다.
한 독자는 언어가 작동하는 방식에
예리한 직감을 가졌지만
문자를 있는 그대로 이해하는 경향이 매우 강합니다.
이런 유의 독자는 (아무리 문법과 문장 구조를 꿰고 있다 해도)
문법 실수와 잘못 쓴 철자가 나오면 곤란을 겪습니다.
특히 문장 구조가 모호한 부분에서 더 그렇지요.
이런 독자는 여러분이 실수할 때마다 헛디딜 것입니다.
만약 두 방향으로 해석 가능한 길을 만난다면
매번 잘못된 길을 택할 거예요.
…

다른 독자는 교양 있고, 호기심 많고, 적응력이 뛰어나고,
지적이고, 편견이 없습니다.
여러분의 글이 명료하다면
어디든 여러분이 이끄는 대로 따라갈 것입니다.
(이 훌륭한 사람에 관해서는 조만간 더 이야기하지요.)
모든 독자는 이 둘의 조합입니다.
둘 모두를 위해 쓰세요.

문법과 문장 구조의 기초를 배워야 하는
또다른 이유가 있습니다.
문장 구조와 문법의 정확도는 여러분의 문장이
여러분의 생각을 온전히 담아내기 위한 필수 전제조건입니다.

전혀 어렵지 않습니다.
그것들을 안다고 해서
창의성이나 자연스러움이 훼손되진 않습니다.
윤리 규범이나 사회 규율을 배우는 것이 아닙니다.
에티켓이나 식사 예절이 아니에요.
수갑이 채워지거나 구금되는 것도 아닙니다.
예의를 갖춰 절하는 법을 배우거나 멋진 레스토랑에 가려고
빌린 넥타이를 억지로 매야 하는 것이 아닙니다.
여러분의 기준을 바꾸라는 것도 아니에요.

단어의 종류에 따른 명칭,
그것들의 기능과 관계를 익히라는 것뿐입니다.
화가가 색채와 원근법을 알듯
재즈 뮤지션이 화음 체계와 그의 악기를 잘 알듯 말입니다.

———————

작가로서 여러분의 일은 문장을 만드는 것입니다.

다른 일은 문장을 고치고 삭제하고 배열하는 것입니다.

그런데 작가의 일이 만들고 고치고 삭제하고 배열하는 거라면

글이 막힘없이 흐를 수 있을까요?

불가능하죠.

흐름은 작가가 아니라 독자가 경험하는 영역입니다.

작가는 모자이크를 만들듯

글 조각들을 천천히 조합하는 방식으로

몇 해에 걸쳐 문장과 단락을 조립했다가

수정하고 다시 끼워맞추며 글을 써나갑니다.

하지만 독자 입장에서는

글이 자연스레 흘러가는 것처럼 보입니다.

독자의 읽기 경험은

여러분이 얼마나 어렵게 혹은 쉽게 썼는지와 무관합니다.

여러분의 심리 상태를 반영하는 거울을

독자가 바라봐주길 바라며 쓰는 것이 아닙니다.

여러분은 작가의 차원에 존재합니다.

독자는 완전히 다른 차원에서 읽습니다.

사정이 이러하니 '흐름'이라는 관념을 포기하고
글쓰기의 근본적인 진실을 받아들이는 게 어떨까요?
글쓰기는 고된 일입니다.
언제나 누구에게나 고된 일이었습니다.
글쓰기가 고되다고 믿을 이유는 충분하지요.
글쓰기─문장을 짓는 행위─에 흐름이 있어야 한다 여기지만
그렇지 못하면 기분이 어떤가요?
눈앞이 깜깜하고, 열패감이 느껴지고, 무능하다는 생각이 들고,
가슴이 답답하고, 어쩌면 자신이 멍청하다는 기분도 들 겁니다.
흔히 '작가의 슬럼프writer's block'라고 불리는 관념은
글쓰기에 흐름이 있어야 한다는 믿음 때문에
널리 받아들여집니다.

하지만 글쓰기는 고된 작업이고
글을 쓰는 동안 그런 감정을 느낄 수밖에 없다는
사실을 받아들인다면
모든 것이 새롭게 보일 것입니다.
여러분이 들이는 공력은 패배의 흔적이 아닙니다.
값진 노력의 흔적입니다.

차이는 여러분의 마음가짐에 좌우됩니다.
여러분의 마음가짐이 차이를 만들어냅니다.

글쓰기의 어려움은 실패의 흔적이 아닙니다.
단지 글쓰기 자체의 본질입니다.

작가에게 '흐름'은 덫입니다.
글쓰기는 억제할 수 없는 분출이라는 식의
모든 표현도 마찬가지입니다.
표절하거나 클리셰를 모으거나
저절로 나오는 문장을 받아 적는 것이 아니라면
글쓰기는 흐르지 않습니다.

여러분은 작업하면서 갑작스러운 경험을 하게 될 것입니다.
시간이 빠르게 흘러가버렸다는 착각,
유별나게 정신이 맑아지는 경우,
나도 모르게 기분이 변화하는 상태.

작업중인 글이 진척된 것인지도 모릅니다.
하지만 글을 진척하기 위해 투입한 기나긴 숙고의 시간은
알아차리지 못하기 십상이지요.

생각을 종이에 적는 동안엔 모든 것이 흐르게 마련입니다.
하지만 그건 글쓰기가 아니라 메모입니다.

'흐름'은 감정의 토로, 즉
문장을 정제하지 않고 방출하는 것을 의미합니다.
하지만 그 숨은 속뜻은 손쉬운 글쓰기를 가리킵니다.

문장 만드는 법을 알면 알수록 수정하기가 수월해집니다.
문제 상황에서 벗어나 머릿속에 숨어 있는 진짜 좋은 문장,
더 좋은 문장을 찾는 것이 수월해집니다.
문장이 얼마나 콸콸 뿜어져나오는지는 중요하지 않습니다.
오직 얼마나 좋은 문장인지가 중요합니다.

죽은 문장과 살아 있는 문장을 구별하지 못하면
'흐름'을 믿기 십상입니다.
실수로 쓴 모호한 문장을
식별해내지 못할 경우에도 마찬가지입니다.
다시 말해 '흐름'은 대개 무지와 게으름의 동의어입니다.
서두름과 충동의 흔적이기도 합니다.

제가 왜 이런 말을 늘어놓았을까요?

너무나 많은 작가가 자기 글이
흐르지 않는다고 걱정하기 때문입니다.
그들은 흐름이라는 기대—문화적 환상—에
부응하지 못한다고 걱정합니다.
그리고 그로 인해 곤경에 처하지요.

'흐름'과 같은 클리셰를 포기하는 것은 쉽지 않습니다.
그 어려움을 절대 과소평가하지 마세요.
좋은 글쓰기에 관한 온갖 이론처럼
쓸모없고 유해하기까지 한 관념들을
제거하는 것 또한 고된 일입니다.

––––––––––

'흐름' 다음에는 무엇이 도사리고 있을까요?
무엇보다도 자연스러움을 짚고 넘어가야겠습니다.

'자연스러움'은 의심을 불러일으키는 단어입니다.
이 단어는 인용부호 안에 넣어야 하는데
그 의미가 유동적이기 때문입니다.
어떤 것을 자연스럽다고 하는 순간

무엇이든 용서가 될 정도입니다.
근거 없이 만연해 있는 자연스러움의 신화를
여러분의 머릿속에서도 뿌리 뽑아야 합니다.

글쓰기에 자연스러운 것은 없습니다.
글쓰기는 말하기와 다른데도 비슷하게 여겨지는 까닭에
자연스럽다고 간주되는 경향을 제외하면 말입니다.
말하기와 쓰기의 연관성은
읽기와 쓰기 사이의 연관성만큼 복잡합니다.

어렸을 적 말하기를 배운 기억이 날지 모르겠네요.
하지만 글자 모양이나 철자를 배운 기억은 남아 있을 겁니다.
말하기는 자연스럽습니다.
쓰기는 그렇지 않습니다.
아이들은 대부분 두 살 이전에 단어를 말하고
세 살 이전에 문장을 말할 줄 압니다.
노래할 수 있게 되면서부터 알파벳송을 부르죠.
그러나 쓰는 데 필요한 도구를 손에 쥐기 전까지는
알파벳을 쓰지 못합니다.
연필을 쥐거나 키보드를 치는 데 필요한 손재주가
말하는 데 필요한 언어적, 정신적 재주보다

늦게 발현된다는 점이 이상해 보이기도 합니다.
하지만 그게 사실이죠.

생각이나 호흡처럼 내면에서 밖으로
드러나지 않게 일어나는 말하기와는 달리,
글쓰기는 항상 개별적이며
팔길이 정도 떨어진 거리에서 손가락 끝으로
단어를 생산하는 도구를 다루는 감각입니다.
글쓰기는 심리적으로도 독립되어 있습니다.
생각하는 자기 자신을 바라보는 감각이며,
쓰는 도중에 이 감각을 자각하지요.
만약 말하는 도중에 이런 자각을 경험한다면
생각의 이동이 가로막힐 것입니다.

인간에게는 언어 본능이 있습니다.
그러나 쓰기 본능이 반드시 있는 것은 아닙니다.
말하기와 쓰기의 차이는
숨쉬기와 노래 잘하기의 차이와 같습니다.
글을 잘 쓰려면 수년간 노력해야 하며
타이핑 능력은 그 일부분에 불과합니다.

'자연스러움'은 흐름과 같이
독자의 마음에 일어나는 효과입니다.
글쓰기 행위를 가리키는 말이 아니라
글쓰기의 효과를 가리키는 말입니다.

그리고 '흐름'처럼 '자연스러움'도
작가의 슬럼프를 초래하는 단어 가운데 하나입니다.
한번 작가의 슬럼프 같은 것은 없다고 가정해봅시다.
작가는 자신감을 상실하고
생각하기를 잊고
미리 대비하지 않고
충분히 읽지 않고
인내하기를 그만둔 채
급하게 쓰면서
독자를 두려워해
문장이 어떻게 작동하는지 이해하려 들지 않을 것입니다.
무엇보다도 자신을 신뢰하는 법을 배우지 못할 것이고
배우거나 생각하거나 지각하는 능력을
향상시키지 못할 것입니다.

사람들은 글쓰기가 자연스러운 행위라는

믿음을 견지할 것입니다.

또한 그렇게 생각하는 작가들만 곤경에 처할 것입니다.

———

그렇지만 좋은 글은 종종

마치 작가가 눈앞에서 말하는 듯 들립니다.

(일상의 대화 같다는 뜻은 아닙니다.)

그러나 교육의 영역—또한 경쟁의 영역—에서 대개

입말은 경시하고

말할 수 없이 길고 난해한 문장에 치중합니다.

문장 구조는 복잡하고 전문용어가 많죠.

얼마나 자연스럽게 들리든 간에

입말처럼 들리는 문장은 절대 자연스럽게 구축되지 않습니다.

그런 문장의 특성은 무엇일까요?

일단 짧습니다.

실제로 말하는 것처럼 리드미컬합니다.

어휘는 간단해서 다음절어가 매우 적습니다.

문장도 간단해서 늘어지는 구절이나 종속절이 거의 없습니다.

이런 단순함이 문장에 리듬감을 더합니다.

또한 듣는 사람의 주목과 이해를 돕는 예리한 의식, 즉
문맥에 대한 기민함과 행간에 대한 생생한 감각을 제공합니다.
이런 자질들이 여러분의 글에 녹아들어가 있어야 할 것입니다.
이런 자질들은 반드시 여러분이 만들고 발견하고
드러내고 구성해야 합니다.
'자연스럽게' 얻어지지 않습니다.

여러분이 문장을 말할 수 있는지 자문해보고,
그렇게 될 때까지 맞춰가는 게 좋습니다.
많은 경우 여러분이 적어야 하는 문장은
"정확히 무엇을 말하고자 하는가?"라는 자문에 대한 답변입니다.

글에 힘이 들어가거나 생각이 꽉 막힐 때는
잘 아는 사이지만 한동안 소식이 뜸했던 친구에게
편지나 긴 이메일을 보낸다 생각하고
다시 작업해보는 것도 좋습니다.
무슨 일이 벌어질까요?
글에 긴장이 풀리면서 문장이 보다 편안해집니다.
늘어진 표현이 축약되고
단어도 한결 짧아집니다.
그 결과, 말하는 것처럼

명료하고 단순하고 단도직입적으로 바뀝니다.

그 외에 다른 변화도 발생합니다.
어조와 감정의 폭이 더욱 광범위해지는 만큼
독자가 빈틈을 메울 수 있게 됩니다.
유머감각도 기대해볼 수 있습니다.

이유가 무엇일까요?
분야가 아니라
독자가 바뀌었기 때문입니다.
여러분을 잘 알아서 척하면 착이고
개떡같이 말해도 찰떡같이 알아들으며
입말이든 아니든 여러분의 생각과 감정을 읽고
곧바로 반응하고 공감도 잘하는
누군가에게 쓰고 있기 때문입니다.
이런 독자가 귀중한 이유는
여러분이 말한 것, 그리고 말하지 않은 것까지
직관적으로 깨닫는 연결과 유대감 때문이지요.

친밀한 편지의 일반적인 특성을 적용해
어떤 글이든 친밀한 편지 느낌이 나게 만들 수 있습니다.

하지만 독자를 상상하면서 쓰면

더 쉽게 편안한 느낌을 줄 수 있습니다.

여러분의 상상 속에서 구상한 독자의 존재는

여러분이 알아차리기도 전에

글을 쓰는 방식을 바꿔놓을 것입니다.

———————

'흐름'의 배후에는 황홀하기까지 한

무언가 특별한 것이 있습니다.

바로 문장보다 생각이 우위에 있다는 전제입니다.

생각이 도약해나가고

단어는 앞서가는 생각을 좇아가기도 버겁습니다.

숨막히는 추격전이 펼쳐지죠.

다시 말해서

문장들이 줄줄이 흘러나오고

문구는 문구를 부르며,

설사 문장까지는 아니어도 단어가 생각에 앞서 튀어나옵니다.

영감이란 이런 것인가 싶을 거예요.

우리 모두 이런 순간을 경험했습니다.

참 솔깃한 순간입니다.

문제는 그런 순간을 과대평가한다는 데 있습니다.

어느 날 여러분은 감정이 솟아올라

글을 끄적입니다.

흘러넘친 그 독창적인 문장을 부여잡으려 노력합니다.

하지만 여러분이 쓰고자 하는 것은 결국 그 문장을

지우거나 수정하고서야 찾아온다는 사실을 깨닫게 됩니다.

여러분이 부여잡으려 했던 것은 무엇입니까?

그 단어들이 '여러분을 찾아왔을' 때 느낀 흥분의 기억입니다.

(어디서 '찾아온' 걸까요?)

생각, 어쩌면 문장에 집중해 맛본 흥분의 기억을

부여잡으려고 했던 것입니다.

언어와 사고를 연결해주는 전기충격과 같은 감정을 말이죠.

그런 흥분은 중요합니다.

그리고 그렇게 얻은 문장은 별 볼 일 없다 하더라도

그 기억은 간직할 만합니다.

여러분은 글을 쓰면서 집중, 주목, 흥분을 느낄 것입니다.

매일 그럴 것입니다.

즉흥적인 문장의 분출인 흐름, 영감은 그렇지 않습니다.

그 차이점은 기억해둘 필요가 있습니다.

의식의 힘으로, 심혈을 기울여 쓰세요.

문제 상황에서 벗어날 방법을 강구해보세요.

쓰다가 막힐 때는 그 상태에서 풀려날 방법을 찾아보세요.

스스로 문장을 만들 때 어떤 방법을 쓰는지 들여다보세요.

무의식의 작용,

잠재적 사고와 직관의 흐름,

통찰과 본능의 명멸은

여러분이 명료하게 쓰기만 하면 표출됩니다.

하지만 이를 위해서는 매일 쉬지 않고 명석을 깔아줘야 합니다.

즉, 문장을 만들어야 하는 것이죠.

작가로서 마주하는 가장 해롭고 방해되는 관념들은 전부

'흐름'이라는 관념과 관련이 있습니다.

'천재'

'진정성'

'영감'도요.

이런 말들은 믿지 마세요.

이들은 각광받아왔지만 실제로는 근거 없는 믿음에 불과합니다.

'영감'은 여러분을 키보드 앞까지 데려올 테고

그 순간 여러분을 남겨놓고 떠날 겁니다.

영감은 생각의 신속한 전환,

갑작스러운 깨달음과 연관된 것입니다.

그 대부분은 쉼없는 사고의 과정을 통해

정성스럽게 마련됩니다.

영감은 문장을 만드는 꾸준한 노력과는 아무 연관도 없습니다.

글을 쓰면서 뜻밖의 기쁨을 만끽하는 순간을 맞이할 것입니다.

그런 순간을 기대하게 될 테지요.

그러나 '영감'은 흔히 그런 의미로 쓰이듯

'흐름'을 가리키는 또다른 말일 뿐입니다.

———

작가들이 스스로 필요하다 생각하는 것들은 다음과 같습니다.

숲속의 오두막

소박한 나무 책상

완벽한 고요

좋아하는 펜

좋아하는 잉크

좋아하는 공책

좋아하는 타자기

좋아하는 노트북

좋아하는 문서 작업 프로그램

거액의 선인세

노란색 메모지

휴지통

엽총

이른 아침의 햇살

한밤의 달

비오는 오후

천둥과 번개를 동반한 비와 세찬 바람

첫눈

가장 좋아하는 바로 그 잔에 담긴 커피

맥주

녹차 한 잔

버번 위스키

고독

이 가운데 하나라도 필요로 한다면
머잖아 글쓰기에서 멀어질 것입니다.
글을 쓰기 위해
또는 영감을 얻기 위해, 감정을 다잡기 위해
필요하다고 여기는 것들은
오히려 갖춰지지 못할 경우 여러분의 발목을 잡을 것입니다.
언제 어디서든 조건에 구애받지 않고
무엇이든 내키는 대로 쓰도록 하세요.
정말로 필요한 것은 단 하나의 필수조건인
여러분의 머리뿐입니다.

—————

글 쓰는 방식을 의식적으로 만들어가고
세부적인 것까지 속속들이 알고 이해하면
일이 명확히 손에 잡힐 것이고
따라서 독자를 조종할 수 있게 됩니다.
물론 여러분은 그렇게 하고 있습니다.

우리는 조종당하기를 싫어합니다.

그러나 읽기는 작가가 글로 쓴 내용에 조종당하는 것입니다.

사실 우리는 이런 경험을 기꺼이 겪고자 하며

언젠가 작가가 되어 독자를 조종하고 싶다는

희망을 품기까지 합니다.

독자는 대개 그런 식으로 생각하지 않으려 하죠.

아예 그 점을 생각하려 들지 않습니다.

하지만 여러분은 그래야 합니다.

글쓰기에서 몇 안 되는 슬픈 점은

자기 자신이 쓴 글에 조종당하기란 불가능하다는 점입니다.

(오히려 다행이겠지요.)

여러분이 쓴 모든 문장을 서성이는

여러분이 했던 모든 선택의 기억 때문이지요.

글을 쓸 때 진심을 진실되게 표현하기란 불가능합니다.

진심을 담아 말씀드리는 겁니다.

여러분은 진정으로 자신이 말하고자 하는 것을 말하려 합니다.

여러분의 내면에서 진정성이 강렬하게 타오릅니다.

그러나 여러분의 문장은 여전히 갑갑하고 틀에 박혀 있습니다.

여러분이 느낀다는 이유만으로 글을 통해
진정성—작가의 감정 상태나 기분—을 전할 수는 없습니다.

우리는 글을 써서 진정성과 자연스러움을 표현할 수 있다고
찰떡같이 믿기 때문에
그런 믿음이 얼마나 잘못된 것인지 판별할 수 없을 지경입니다.

독자가 여러분의 진정성을 느끼려면 여러분의 문장이
말로도, 문장 구조로도, 심지어 리듬으로도
진정성을 표현해야 합니다.
진정성 있게 말할 때처럼
글에 진정성의 징표—겸손과 솔직함—를 드러내야 합니다.

누군가에게 진정성을 전하려고 하는데
비꼬는 목소리와 말투로 말한다면
누가 여러분의 진정성을 믿어주겠습니까?
…
진정성은 여러분과 여러분이 쓴 문장을 위해
극적인 역할을 합니다.
진정성 없게 들리지요?
그러나 명백히 작위적인 언어의 조종이야말로

여러분의 진정성을 납득시키는 도구입니다.

글쓰기에 여러분이 비집고 들어갈 명료하고 진정성 있으며
'자연스러운' 공간이나 역할은 없습니다.
글쓰기는 아무리 사소한 것이라 하더라도
항상 극적인 개입이 필요한 활동입니다.
여러분이 선정 주제나 예상 독자와
어떤 관계를 맺는가 하는 선택,
용어, 구조, 문장을 구축하고 연결하는
엄밀성에 개입하기 위한 선택과 같이
개입은 수사적으로 구성됩니다.

독자가 느끼는 정서적 진폭은
여러분이 각 단어의 임무를
얼마나 명료하게 아는지에 달려 있습니다.
그러한 명료함은 자연스럽게 생기지 않습니다.
고된 작업의 결과로 얻어지는 인위적인 산물입니다.

여러분이 서술자가 되어
우리들을 독자로 만드세요.
서술자의 길은 자신을 버리는 길임을 알게 될 것입니다.

그것은 역할, 극적인 역할입니다.

그 안에 빠져들어 살아가세요.

…

여러분은 언제나 글 안에다 집을 짓고

거기서부터 독자에게 말을 겁니다.

결코 단순하고 진정한 여러분 자신일 순 없습니다.

그렇다면 '나는 누구인가?' 하는 질문이 떠오를 것입니다.

여러분의 글이 해야 할 일은 이 질문에 대답하는 것입니다.

소설가와 시인은 이런 활동을 잘 수행합니다.

극적인 역할을 맡아 수사적인 공간에 살고 있음을 인지합니다.

그들은 자기 이름을 드러내면서도

서술자나 배우가 되어 이야기를 전달하고 연기하기를

두려워하지 않습니다.

여러분이 누구인지, 무슨 역할을 맡을지

독자에게 어떻게 다가갈지는

'스타일'이나 '목소리'보다 훨씬 중요합니다.

짧은 문장을 쓰도록 권유하면
작가들은 대개 이렇게 반응합니다.
"내 스타일은 어쩌고요? 내 목소리에 어울릴까요?"
마치 고유한 스타일이나 목소리를 지녔다는 것처럼 말입니다.
'스타일'과 '목소리'는 수동적인 구성물로
개성의 표지이며 자아가 맨 넥타이입니다.
독자가 수용하는 것이라기보다
작가가 스스로 만들어나가는 것입니다.

'목소리'라는 관념은 최소한 작가가 취하는 제스처,
극적인 개입이라는 개념을 내포합니다.

하지만 작가의 '스타일'은 무엇일까요?

스타일은 여러분이 문장을 만들 때 취하는 표현 방식입니다.
작성하는 문장 하나하나에 무심코 드러납니다.
글 전체를 써내려가면서 발견하게 될 테지요.

우리는 스타일을 자기표현으로 봅니다.
그럴 수도 있습니다.
다만 작업해가면서

언어적, 개념적, 구조적, 창의적 발견으로 인해

애초의 목적이 바뀌더라도

여러분의 언어 구사와 목적의식은 결합해 있어야 합니다.

스타일에 대한 유용하거나 관습적인 정의와는 사뭇 다르게

느껴질 것입니다.

자기표현과도 괴리가 있어 보이고요.

하지만 한 가지 중요한 사실만은 분명히 드러나지요.

'스타일'은 여러분의 의식과 분리되어 있어야 한다는 것입니다.

스타일에 신경쓸 필요 없습니다.

스타일은 여러분의 사고방식, 아이디어,

유머감각이나 풍자적인 감각에서

절로 피어오르게 마련이기 때문입니다.

문장의 '스타일리시'함이 으레 그렇듯 말이죠.

하지만 그러려면 여러분의 글이

여러분의 사고방식, 아이디어, 유머감각이나 풍자적인 감각을

드러낼 수 있을 만큼 충분히 명료해야 합니다.

모호한 글에는 '스타일'이 없습니다.

갖춰야 할 다른 덕목들도 마찬가지겠죠.

명료함을 추구하세요.

명료함을 추구하다보면 스타일이 저절로 드러날 것입니다.

여러분의 명료함은 의도하지 않더라도

다른 이의 명료함과 차이가 날 것입니다.

수년 뒤, 습작한 글을 꺼내보면서

느긋하게 여러분이 구축한 스타일을 돌아볼 수 있겠지요.

지금은 우선 고민해야 할 더욱 중요한 것들이 있습니다.

퇴고가 그중 하나입니다.

―――――

모든 글쓰기는 결국 퇴고입니다.

학교에서는 그렇게 가르치지 않죠.

초고를 다 쓴 다음 퇴고하라고 배웠을 것입니다.

…

그런데 말입니다, 생각해보세요.

머릿속에서 문장을 짓습니다.

종이에 적지는 않습니다.

다시 한번 머릿속에 그 문장을 써봅니다.

(여섯 단어로 간단히 써봅니다.)

한두 단어를 다른 단어로 대체합니다.

동사를 바꿔서 리듬감을 조율합니다.

은유를 버립니다.

이제 마음에 듭니다.

문장을 종이에 적습니다.

이게 작문인가요,

아니면 퇴고인가요?

둘 다지요.

머릿속에 튀어오르는 단어들을 받아적는 경우가 아닌 이상

작문은 언제나 퇴고와 함께합니다.

그럼 왜 그래야 하는 것일까요?

방금 종이에 적은 문장을 보세요.

더 간단한 명사와 더 강한 동사를 골라 바꿉니다.

이미 적은 문장을 수정했으니 이 과정은 퇴고일까요?

아니면 작문으로 불러야 할까요?

둘은 차이가 없습니다.

학교에서 배운 대로 보자면

퇴고는 사후 정정에 지나지 않습니다.

(혹은 완벽하게 잊혔지만 매우 유용한 기술인

교정이라고 봐줄 수도 있겠습니다.)

학생들이 퇴고를 해도 되는지 물어볼 때 이 점이 명확해집니다.

아이들은 이미 존재하는 것을 고쳐도 되는지

문장 여기저기를 손봐도 되는지

이 단락과 저 단락의 위치를 바꿔도 되는지를 물어볼 뿐입니다.

"완전히 새로 판을 짜서

제 방식대로 주제를 다루되

정말 제대로 된 문장 몇 개만 남겨도 될까요?"라고

말하는 경우는 없습니다.

어떤 수준의 작가든 이미 써놓은 글이 주는 압박을 경험합니다.

흰 종이에 대강 채워넣은 것이라 할지라도

이미 작성해둔 단락과 페이지,

써내려온 문장들이 뿜어내는 관성에 압도되는 것이죠.

여러분이 좋아하든 그렇지 않든

그 문장들은 존재한다는 사실만으로

존재하지 않는 문장보다 나은 것이 되지요.

적어도 그렇게 보입니다.

그렇다 해도 대강 임시로 써놓은 문장들이라서

예상치 못한 틈새가 여기저기 벌어져 있는,

퇴고가 거의 불가능해 보이는 파편들의 모음에 불과합니다.

한 문장을 고치면 매번

다음 문장, 그다음 문장을 고치게 됩니다.

퇴고란 무한히 반복되는 과정 같다고 할까요.

아무리 사후에 퇴고를 한다 해도, 정말로 퇴고를 하려 한다면

퇴고할 시간은 부족하게 마련입니다.

———

이제 방법을 바꿔봅시다.

이렇게 해보세요.

작문하면서 퇴고하는 겁니다.

퇴고하면서 작문하는 겁니다.

임시로 쓰지 마세요.

초안을 만들지 말고

초벌 문장을 써놓지 마세요.

쓰기 직전과 직후에

할 수 있는 한 최종 단계에 가깝게 문장을 써보세요.

다음 문장도 똑같이 합니다.

끝까지 이렇게 글을 씁니다.
작문과 퇴고를 같은 것으로,
머릿속에서 생각하는 것의 다른 버전으로,
이론적으로 구별할 수 없는 과정으로 간주하세요.

흔히들 작문은 새로운 내용을 종이에 적고
퇴고는 그것을 고치는 일이라고 전제합니다.
이는 쓸모없는 구별이며
그 둘의 우선순위를 오해하는 결과를 낳습니다.
창의성이란 글씨가 끝나고 다시 백지가 시작되는 곳에서,
커서가 깜빡이는 모니터 화면에서 비로소 탄생한다는 듯
새로움은 문장들 사이나 문장 안에서는 움틀 수 없다는 듯
퇴고는 본질적으로 부차적이며 창의적이지 않다는 듯
작가라면 응당 무에서 유를 창조한다는 믿음은 오해입니다.

퇴고(또는 작문)는 많은 경우
끝이 아니라 중간 지점—여러 중간 지점이 있겠죠—에서부터
쓰는 행위입니다.
끝—여백이 시작되는 곳—은 끝입니다.
여러분은 멈춘 지점에서부터 다시 읽으려는 독자가 아닙니다.
여러분은 작가입니다.

한순간에 글 전체를 멈춘 것입니다.

몇 페이지 전의 어떤 단락을 쓰던 도중

중단했을지도 모르겠습니다.

그 이후 모든 것이 먼길을 돌아왔습니다.

먼길을 돌아왔기에 찾던 길을 알아낸 것인지도 모르죠.

작업하던 글을 다시 읽을 때

서둘러 읽고 나서 작업을 재개하려고 하지 마세요.

다시 읽는 문장 하나하나를 퇴고하는 마음으로 대하세요.

처음에는 작문과 퇴고를 동시에 하기가 쉽지 않을 것입니다.

완결된 듯이 보이던 문장에서 결함을 발견하게 되겠지요.

결함을 발견하는 것은 더 좋은 문장을 만들기 위한 과정입니다.

즐기세요.

알아차리지 못한 실수는 반복할 수밖에 없습니다.

여러분이 쓴 글을 무수히 읽어서 문제점을 찾아내야 합니다.

노련한 작가들도 이렇게 해야 합니다.

꽁꽁 숨어서 찾기 어려운 결함도 있거든요.

이제 여러분은 작문하면서 퇴고할 수 있게 됩니다.

퇴고하면서 작문할 수 있게 됩니다.

모든 문장을 아주 여러 번 읽고 또 읽으면서

여러분 앞에 모습을 드러내는 문제점을 솎아내게 될 것입니다.
결함을 찾아내려는 노력을 게을리하지 않을 텐데요.
그러다보면 놓쳤던 기회 또한 낚아채게 될 것입니다.
여러분이 말했을지도 모르는 것들,
발전시켰을지도 모르는 아이디어들,
만들었을지도 모르는 연관성을 말이죠.

퇴고는 작문에 국한되지 않습니다.
언어에 입힌 사고방식이자
모종의 발견을 향해 열리고 다시 열리는 문,
문장에 숨어 있어 어떻게 끄집어내야 할지 몰랐던 것을 말하는
문장을 찾아주는 여정입니다.
…
퇴고는 작가의 독서법입니다.
모든 문장이 다른 방식으로 쓰일 수 있었지만
결국 그렇지 않다는 사실을 알아차리는
그 선택들을 알아차리는 습관입니다.

————

언어는 말하려는 절박함에 몸부림칩니다.

여러분이 할 일은 그 절박함을 이해하고 제어하는 것입니다.

처음에는 말하고자 하는 것이
그 자체를 말하기보다도
그 밖의 것들을 제쳐둠으로써 드러날 것입니다.

이 과정을 익히려면 시간이 좀 걸립니다.
한동안은 교착 상태에 빠진 것처럼
영영 나아가지 못할 것처럼 느껴지겠지요.
하지만 문장에 숨은 가능성을 탐구하기 전까지는
존재하는지도 몰랐던 생각들을 마주함으로써
전혀 예상치 못한 사실을 발견하게 될 것입니다.

연습을 통해 이 과정은
좀더 효율적이고 창의적인 글쓰기 방법이 될 것입니다.
말할 수 있으리라 상상도 못한 것을 발견하는 방법,
여러분 자신을 알아가는 길이기도 하지요.

이것은 정말 흥미로운 글쓰기 방식입니다.
숙달되면 속도가 붙고, 정확해지고,
기존 방식보다 훨씬 더 간편해지는 등

여러모로 효율적일 거예요.

이 방식을 전폭적으로 신뢰하게 될 것입니다.

여러분 자신도요.

문장은 어디에서 올까요?

어떻게 머릿속에 모습을 드러낼까요?

우리는 스스로 악수하듯 수월하게

사고에서 표현으로 이행한다고 생각합니다.

여러분이 말하려는 내용과

그것을 분명하게 전달할 단어를 잘 아는 경우도 있습니다.

하지만 문장을 만드는 과정에서

말하고자 하는 내용이 떠오르는 경우도 잦습니다.

생각은 우선적이거나 절대적이지 않습니다.

생각은 단지 힌트일 뿐입니다.

언어는 내용을 전달하기도 하지만 소통을 방해하기도 합니다.

문장은 생각을 완전히 드러냄으로써 생각이 됩니다.

우리는 생각이 문장을 주조한다고 착각합니다.

하지만 생각과 문장은 한몸입니다.

말할 수 있는 것과 말하고자 하는 것의 총합입니다.

…

여러분이 좋아하는 글을 펼쳐보세요.

문장이 끝도 없이 다양합니다.

여러분의 문장은 어떻게 다양해질 수 있을까요?

동일성과 획일성을 피하는 것이 한 가지 방법입니다.

여러분은 같은 단어를 계속 반복해 쓰지는 않을 것입니다.

그런데 왜 똑같은 문장 구조를 계속 반복합니까?

말하려고 하는 것에 대해서와 마찬가지로

문장 형태에도 신경을 많이 써서

다양하게 생각하고 써보는 것이 좋습니다.

때로는 리듬 자체가 암시를 주기도 합니다.

여러분은 리듬이 반복되진 않는지 귀기울이겠지요.

때로는 단어들, 구절들, 기억들의 흔적이

마음을 스치고 지나가기도 하겠지요.

그 흔적 하나하나가 문장을 낳고 형태를 부여합니다.

여러분의 생각을 따라 나타나는 변화들에 반응해보세요.

여러분은 곧 문장이 자신의 내면에서, 읽기 경험으로부터,

리듬에 대한 촉각적 기억으로부터,

언어의 핵심에 존재하는 유희 감각으로부터,

여러분의 세계 지각으로부터 발원해서

끝없이 다양하게 변주된다는 사실을 체득하게 될 것입니다.

…

단어 하나, 단순한 리듬,

알아차림 한 번으로

예상치 못한 문장을 만들어내는 방법을 익히게 될 것입니다.

이렇게 하려면 사고 습관에 변화를 주고

작업 방식을 재고해야 합니다.

———————

글쓰기의 개요와 초고 모델은 사고를 전면에 내세웁니다.

개요 짜기는 문장이 아니라

의미를 순서대로 조직하는 방식입니다.

문장 만드는 과정을 무시하는 방식입니다.

불현듯 떠오르는 발상처럼

문장을 만들 때 만끽하는 뜻밖의 재미를 무시하는 방식이지요.

글을 쓸 때 체험하는 사고의 충만함에 무지한 처사지요.

개요 짜기는 글쓰는 동안의 발견을 차단합니다.

계획을 짜는 것과 글쓰기는 다르며

쓰는 도중의 발견은 하등 쓸데가 없다는 식입니다.

또한 논리와 시간 순서를 과도하게 강조합니다.

개요를 짜는 목적은 명백히 '자연스러운' 구성이기 때문입니다.

개요 짜기는 여러분의 사전조사가 응집되지 못하게 하고

이미 짠 개요대로 생각을 스케치하는 데 불과한

임시적 문장 더미 속에 여러분을 남겨놓습니다.

…

개요 짜기는 글쓰기가 글쓰기에서 비롯된다는 사실을

깨닫지 못하게 합니다.

개요 짜기가 아니라 문장을 하나하나 찾아가는 과정에서

여러분의 주제와 생각을 구현할

흥미로운 길을 찾아낼 확률이 더 높습니다.

개요와 초고라는 표준 모델은

글쓰기가 갖는 사색의 공간을 갉아먹습니다.

하지만 좋은 생각을 매번 미리미리 떠올리는 것이 가능할까요?

개요 짜기는 글의 형태를 계획하는 것인 만큼

적어도 작가를 스스로에게서 구해주긴 합니다.

개요 짜기는 글을 쓸 때 여러분을

생각으로부터 해방시키기 위한 것입니다.

여러분 마음속의 열린 공간에 패션쇼 무대를 만들어서
글을 쓰는 동안 심사숙고에 빠지는 것을 가로막지요.
개요를 다 짜기 전까지는 여러분 스스로도
무슨 생각을 하는지 모릅니다.

개요 짜기의 목적은 글감을 아껴 쓰고 고르게 분배해서
의미가 마지막에 모습을 드러내게 하는 것입니다.

더 좋은 접근법을 알려드리지요.
글감을 탕진하세요.
좋은 소재를 마지막까지 비축하지 마세요.
무엇이 좋은 소재인지 여러분은 아직 모릅니다.
마지막이 어떨지도 아직 모르고요.
다 써버리세요.
소진할 소재는 풍부합니다.
새로이 발견할 필요성이 생겨야만 찾아나서게 마련이거든요.

작가들은 소재가 바닥나는 것을 가장 두려워합니다.
작가가 가장 무서워하는 소리는
타이핑 소리, 클릭 소리, 펜 끼적이는 소리가 없는 적막입니다.
생각하거나 알아차리지 않으면

글감이 바닥날 수밖에 없겠지요.

———————

이렇게 해보세요.

개요를 짜지 마세요.

자료 조사, 독서, 알아차리기, 취재, 여행, 주목하기, 기록—

여러분이 무슨 글을 쓰든 간에

주제를 이해하기 위해 하는 그 모든 작업들.

기록을 다시 읽어보고, 그 위에 다시 기록하세요.

되풀이하세요.

생각한 것을 기록하세요.

무엇보다도 관심 가는 것을 기록하세요.

관심 가는 것을 반드시 적어두세요.

기록을 이용해 개요를 짜지 마세요.

기록을 다음 문장을 위한 로드맵으로 활용하지 마세요.

기록을 다시 읽어보세요.

길어도 좋고 짧아도 좋습니다.

…

그리고 나서 생각하세요.

또 생각하세요.

참을성 있게 생각을 유지해보세요.

새로운 문장이나 마음에 드는 구절에도 똑같이

참을성을 발휘해보세요.

잠시 멈추어 그 문장을 다듬어봅니다.

머릿속에서 말이지요.

적지는 마세요.

참으세요.

지금 생각하고 있는 모든 것에 집중하세요.

생각을 알아차려봅시다.

여러분의 의식이 생각을 밝혀주는 것을 느껴보세요.

집중하다보면 관심 가는 생각이 있고

그렇지 않은 생각이 있음을 알아채게 됩니다.

어떻게 알 수 있을까요?

멈추어 다시금 생각하게 만드는 것이

관심 가는 생각입니다.

관심 가는 생각이 주의를 다른 데로 돌리게 놔두세요.

그 생각에 관해 자문해보세요.

왜 관심이 가는 걸까?

그 생각 전에는 무슨 생각을 하고 있었지?

이제 생각의 본류로 돌아옵니다.

더 좋은 생각의 흐름을 발견하지 못했다면

관심 가는 생각을 따라 돌아옵니다.

사고와 문장 만들기를 구분하려 들지 마세요.

두 가지가 같은 것이라고 여기세요.

생각하려고 서두르지 마세요.

문장을 만들려고 서두르지 마세요.

관심 가는 생각에 단어를 넣으면 어떻게 되는지 관찰해보세요.

생각을 분명히 드러내는 단어는 무엇인지 관찰하고

그 단어를 활용해

우리가 지금까지 이야기한 문장,

리듬 있고 명료하며 균형잡힌 문장을 만들어보세요.

저절로 나오는 문장 말고요.

관심 가는 생각이 문장을 만들어가면서

더 선명하고 명확해지는지 살펴보세요.

더 모호해질 수도 있습니다.

어째서 그럴까요?

당황하지 말고, 계속해나가세요.

생각하는 동시에 문장을 만든다고 해서

즉각적으로 여러 문장을 만들어야 하는 것은 아닙니다.

생각하기로 돌아가서 문장 만드는 작업이

내면에 무슨 작용을 했는지 관찰해봐도 좋습니다.

그것이 다른 생각이나 연결고리를 몰아냈을지도 모르지요.

생각하는 동안 무엇을 어떻게 기다려야 하는지

아무도 가르쳐주지 않습니다.

스스로 터득해야 합니다.

무엇보다도 참을성을 길러야 합니다.

…

한두 번 시도해보는 것으로는 안 됩니다.

글쓰기는 타고난 소질이 아니라 기술입니다.

조금씩 늘려가면서 시도해보거나

잠시나마 부분적으로 개요에 의존해야 할지도 모릅니다.

괜찮습니다.

단, 그런 방식으로 일관하면 안 됩니다.

결국엔 여러분을 막다른 골목에 이르게 할 길잡이이니까요.

연습하세요.

여러분의 생각이 지닌 민첩함과 수용력을 신뢰하게 될 것입니다.

생각하는 데 그리 오랜 시간이 필요하지 않음을
알게 될 겁니다.
생각하고 문장을 만드는 작업을
일상에서 짬을 내어 하게 될 것입니다.
몇 초면 됩니다.
생각하고 문장을 만드는 데
시간이 얼마나 많이 필요하겠습니까?

생각하다보면 여러분이 택한 주제에서
관심 가는 것을 발견하게 될 겁니다.
얼마나 간접적으로, 생략되어, 에둘러 연결되었든 간에
생각이 어떤 실마리, 지각, 관계, 구절, 직관을 찾아줄 겁니다.
질서정연한 방식을 발견할지도 모르고
예측 불가능한 방식으로 생각을 헤집고 나갈지도 모르지요.
그래도 상관없습니다.
너무 일찍 생각을 정리하고 조직하려는,
상자에 넣어 규격화하고
특정한 분야에 구겨넣으려는 유혹에 맞서세요.
한 행 한 행 질서의 추구를 미루세요.
생각이 중첩되고 부딪치게 놔두세요.
그 과정에서 몰아내는 생각이 무엇인지 관찰하세요.

글쓰기를 어떻게 시작할까요?

관심 가는 문장을 찾아보세요.

글 전체의 첫 문장이 될 만한 것으로 말이지요.

너무 힘들여서 찾지는 말아요.

그저 문장 몇 개를 써보는 것입니다.

많이 써봐도 좋습니다.

읽어보세요.

그럴싸하게 들리는 문장이 있나요?

그런 문장은 과감히, 고민하지 말고 버립니다.

그런 다음 좀더 골몰해보세요.

이 과정은 중요합니다.

문장을 버리는 데 익숙해져야 해요.

여러분은 오디션 심사중입니다.

여러 문장이 몰려들 거예요.

하지만 자리는 하나지요.

문장 자체의 특징보다 다음 문장을 기대하게 만드는

조짐을 품고 있는지가 심사 기준입니다.

연습하면 쉬워질 것입니다.

괜찮은 문장을 솎아내느라

하루나 이틀이 걸리더라도 조바심내지 마세요.

그렇게 얻은 문장도

제대로 된 첫 문장으로 가는 과정일 뿐입니다.

편하게 생각하세요.

관심 가는 문장,

잠재력으로 인해 가능성이 보이는 문장을 찾아보세요.

'죽여주는 첫 문장'이나 '맛보기' 문장을 말하는 것이 아닙니다.

여러분이 접해온 첫 문장들과 유사한 문장을

말하는 것이 아닙니다.

선생님들이 말하듯 소위 독자를 사로잡는 첫 문장을

말하는 것이 아닙니다.

독자를 사로잡을 필요는 없습니다.

여러분이 만든 문장에서

독자가 여러분의 관심사를 느끼면 됩니다.

그뿐입니다.

무엇이 첫 문장을 흥미롭게 만들까요?

정확한 형태와 내용

그리고 다른 문장을 불러오는 가능성입니다.

…

시작하는 데 화려한 재주, 영리한 기술, 교묘한 솜씨는 필요 없습니다.

이어질 내용을 넌지시 일러주는 암시 같은 것도 필요 없지요.

첫 문장은 다음 문장에 길을 터주는 역할이면 족합니다.

그러나 첫 문장이 부차적인 것은 아닙니다.

여러분—직접 구축해나가는 작가로서의 역할,

독자에게 다가가는 존재—과

여러분이 만든 첫 문장은 함께 시작합니다.

여러분은 글을 시작하려는 것이지 소개하려는 것은 아니지요.

전자의 경우 첫 문장이 이미 속도를 내어 움직이는 반면,

후자의 경우 첫 문장은 헛기침하면서 글을 일반화하려 듭니다.

글은 한 문장으로 시작합니다.

그 한 문장이 다음 문장을 부릅니다.

대개는 다음 문장을 부르는 다른 문장들과 구분되지 않지요.

매우 많은 작가가 첫 문장에 지나치게 힘을 주려고 애쓰지만
결국 모든 문장이 엇비슷해집니다.

첫 문장이 불러온 가능성 중에
더 가능성이 풍부한, 심지어 문맥에서 벗어난 것 같은
두번째 문장을 만드세요.
첫 문장을 뒤잇는 문장이 아니라
첫 문장에서 생겨나는 문장을 써보세요.
설사 첫 문장에서 멀어지더라도 말이지요.
그렇게 만든 두번째 문장이
결국 두번째 문장이 되지 않을 수도 있습니다.
아홉번째 문장이 될지도 모르지요.
'이 문장을 어디에 배치하지?' 같은 질문에 휘둘리지 마세요.

이제 글은 두 문장이 되었습니다.
여기까지 오느라 버린 문장들은 잊으세요.
다음 단계는 세번째 문장 만들기입니다.

흔적이나 순서는 걱정하지 마세요.
두세 문장 이상으로 멀리 내다보지 마세요.
두세 문장 이후를 계획하지 마세요.

그 대신 머릿속에 적어놓으세요.

미래의 문장이 가리키는 곳으로
서둘러 달려나가려는 유혹을 억누르세요.
그 문장들이 가리키는 곳이 아니라
문장을 만들면서 발견하게 될
여러분의 관심사가 중요합니다.
문장들을 여러분이 바라는 방향으로 조종하지 마세요.
오히려 여러분이 문장들을 따라갈 수 있는지 확인해보세요.
처음에는 문장들이 각자 다른 방향으로 가려고 할 겁니다.
…
순차적으로 쓰려는 생각에 갇히지 마세요.
앞선 단락에 어울리는 문장을 발견하면
그리로 돌아가서 작업을 계속합니다.

문장을 만들면서
말하고 싶은 것을 찾기 전까지
여러분은 무엇을 쓰게 될지 모릅니다.
모든 문장은 확실해지기 전까지는 선택적입니다.
글쓰기는 발견하는 일입니다.

문장을 쓰지 말고 상상하세요.

만족스러울 때까지 계속 상상하는 것입니다.

상상한 문장은 왠지 써놓은 문장보다 더 자유롭지요.

문장 만들기는 어느새 개별적 행위가 아닌

생각하는 과정의 일부분이 됩니다.

여러분은 이미 문장으로 생각하고 있지 않은가요?

머릿속에서 문장을 만드는 행위—

작문과 퇴고가 동시에 이루어지며

문장을 더 선명하고 정확하게 하는—로 인해

여러분 내면에 있지만 몰랐던 생각을 알아낼 수 있게 됩니다.

말하는 방법을 알고 있는 줄도 몰랐던 생각들을

평소보다 더 힘있는 문장으로 말하게 됩니다.

…

머지않아 말하는 방법을 알고 있는 줄도 몰랐던 생각들을

말하길 기대하는 자신을 발견하게 될 거예요.

스스로에게 놀라는 데 익숙해질 것입니다.

독자는 글에서 발견의 상쾌함을 만끽하게 될 겁니다.

작가가 문장 자체의 리듬과 생동감 속에서

발견을 해나가는 재미를 드러내곤 하니까요.

하지만 여러분은 기억을 불신하지요.

상상한 문장들을 잊어버릴까봐 두려워합니다.

왜 두려워할까요?

그 문장들은 중요하니까요.

만약의 경우를 대비해 그 문장들을 적어놓으세요.

그런 다음 생각으로 돌아갑니다.

문장들을 상상하고 문장들의 가능성을 가늠해보며

그 각각의 새로운 기회로 더듬어 다가갑니다.

하지만 무엇이든 적기 전에 문장 전체를 상상해보세요.

다음 문장도 그렇게 하세요.

키보드나 노트에서 물러나세요.

물러나 앉아서 생각을 지속합니다.

문장은 그 상태에서 완성하는 것입니다.

…

여러분은 글이 어디로 갈지 언뜻 알아볼 수 있습니다.

결말까지의 전개를 훤히 내다볼 수도 있지요.

만약 그렇다면, 망각의 두려움이 새로이 밀려들 것입니다.

글이 끝나는 곳에 위치한 따뜻하고 안락한 오두막에 닿기 전에

우거진 숲이 그리로 난 길을 막아버릴까봐 염려되어서죠.

그러나 생각이란 여러분이 생각하는 대로 도망가지 않고,

예상도 못한 상태로 찾아오지도 않습니다.

가치 있는 생각이라면 잊어버리더라도 되찾거나,

오히려 더 좋은 생각을 만나게 될 것입니다.

망각의 두려움과 서둘러 해치우려는 초조함은

밀접하게 연관되어 있습니다.

시간이 지남에 따라 여러분은

기억을 신뢰하는 법을 배우게 될 것입니다.

사실 이건 기억을 신뢰하는 문제가 아니지만요.

생각하기와 기억하기가 거의 구별이 안 될 만큼 유사하다는

사실을 깨닫게 될 것입니다.

여러분은 쓰고자 하는 문장을 단지 상상만 하는 것이 아닙니다.

문장을 상상하는 바로 그 순간에

여러분은 주제를 다시 분석하고

주제를 구성하는 요소를 면밀히 점검합니다.

이제 주제에 관해 생각하기와

문장에 관해 생각하기의 차이점이 사라졌습니다.

여러분은 이제 개요를 다 짠 뒤 문장을 만들기 위해 마련된

특별 구역에 격리되어

문장을 만들지 않아도 됩니다.

학교에서 배운 방식으로부터 벗어나는 것이지요.

이제 글쓰기는 생각하기와 완전히 뒤섞여

내재하게 됩니다.

여러분은 또한 머릿속으로 작업하는 능력을 신뢰하게 되고

마음이 작동하는 방식을 배우게 될 것입니다.

이전에는 알아채지 못했던 사실을 말입니다.

———————

우리는 항상 서둘러 글을 해치워버리려고 합니다.

한편으로 사고의 개입에서 벗어나고자 서두르기도 하지요.

생각하기와 관련된 모든 것이 우리를 초조하게 합니다.

우리는 생각하는 것이 매우 가치 있는 일임을 믿지 못합니다.

생각이 언제 끝날지도 모릅니다.

곧 끝나리라고 바랄 뿐이죠.

왜 그럴까요?

여러분의 마음은 침묵하고 있지만

실은 목소리들과 불확실성으로 가득합니다.

여러분이 느끼는 불확실성에서 문장들이 비롯되고

경험이 쌓이면서 불확실성은 줄어들지요.

생각하는 과정에서 맞닥뜨릴 것을 두려워하지 마세요.

이 실험에 자신을 맡겨보세요.

여러분의 의도는 변화할 것입니다.

출발점은 여러분을 예상치 못한 곳으로 이끌 것이고

그곳에서 여러분은 출발점을 다시 생각해보게 될 것입니다.

하지만 여러분은 애초의 의도에 그대로 머물고 싶겠지요.

왜인가요?

그것이 먼저였기 때문인가요?

생각의 흐름을 바꾼 다음

어디로 흘러가는지 지켜보는 건 어떨까요?

무조건 바꿔보자는 것이 아닙니다.

여러분의 발견에 따라서 의도를 조정해보자는 것이지요.

글을 써가면서 더 좋은 생각을 발견한다면

애초의 의도를 포기해야겠지요.

글은 어떻게 쓰느냐에 따라 달라집니다.

다른 방식으로 시작했다면, 도중에 방향을 틀었다면,

아예 다른 분위기로 출발했다면

다른 글이 나왔겠지요.

작가의 세계에는 여러 개의 평행우주가 있습니다.

여러분은 단어 하나하나를 적을 때마다 새로운 발견을 합니다.

10분 뒤—한 시간 더 생각한 뒤—에는

완전히 다른 세계로 가는 문을 발견할지도 모릅니다.

글은 어떤 세계에든 스며들 수 있습니다.

기록되는 매 순간 달라집니다.

이 사실은 우리를 놀랍도록 자유롭게 만듭니다.

이를 통해 순서에 대한 집착에서,

글을 풀어가는 유용한 접근법이

단 하나만 존재한다는 두려움에서 벗어날 수 있습니다.

여러분 자신은 여러분의 글과 다르다는 점을 받아들이세요.

여러분의 의지, 의도, 계획은

여러분이 만들어가는 발견과 별개로 존재합니다.

미리 결정된 대로 흘러간다는 숙명론적 관념,

의도의 조형 능력을 버리세요.

더이상 그런 관념에 얽매이지 마세요.

의도를 존중하되 우리가 사용하는 언어가

우연의 언어임을, 예정된 경로를 항상 벗어남을 받아들이세요.

이는 슬퍼하지 말고 기뻐할 일입니다.

부딪치고 미끄러지는 언어의 특성은

선입견에 따른 편협한 인식에서 우리를 구해주지요.

…

이렇게 생각해봅시다.

여러분이 쓰고 있는 글은 바로

그 글을 쓰면서 발견한 것의 기록입니다.

그뿐입니다.

얼마나 사실적이든, 얼마나 객관적이든,

얼마나 목적이 뚜렷하든 상관없습니다.

조만간 여러분은 말할 수 있는 것에 관심을 더 기울이고

의도에는 관심을 덜 갖게 될 것입니다.

이미 정해놓은 의도보다

즉각적으로 이루어지는 글쓰기에 더 의지하게 될 것입니다.

형식을 무시하는 글쓰기를 주창하려는 듯 보일지도 모르지만

절대 그렇지 않습니다.

형식 또한 발견의 대상입니다.

빠듯한 일정에 협소한 주제를
제한된 지면으로 제출해야 하는 경우조차
위의 방식으로 글을 완벽히 써낼 수 있습니다.

———————

어떤 방식이 효과적인지 어떻게 결정하나요?

여러분의 문장이 질적으로 떨어져 보일 때 어떻게 하십니까?
좀 전까지 쓴 글을 읽어봤는데, 괜찮아 보입니다.
다시 한번 읽어보면, 이상해 보입니다.
세번째 읽어보면, 이젠 도무지 알 수가 없습니다.
여러분이 터득중인 독자로서의 기술을 발휘해볼까요.
여러분이 읽은 모든 글을 토대로 다시 읽어보세요.
기존의 선택과 미완의 선택을
좀더 수월하게 검토할 수 있을 것입니다.
오래지 않아 예전에는 무지했던 가능성을 알아차릴 것입니다.
몇몇 문장이 여전히 추측에 의존한다는 점을 깨닫게 될 거예요.
글자들의 행렬에 불과했던 문장에서
그것을 둘러싼 생각과 암시를 알아차리기 시작할 것입니다.
여러분이 말하지 않기로 정한 것들이

기이하게도 눈에 들어옵니다.

그것들이 문장의 소리에 어떤 영향을 끼쳤는지 깨닫게 되지요.

작가들은 단락이든 글 전체든

이미 써놓은 글에 너무나 민감합니다.

읽고 나서 이렇게 생각하죠. "망했어."

그리고 무거운 마음으로 다 버려버리죠.

읽고 나서 이렇게 생각하기도 합니다. "완벽해."

만면에 웃음을 띠며 작업을 마칩니다.

두 경우 모두 여러분을 글에서 분리시킵니다.

더 좋은 방법이 있습니다.

바로잡을 필요가 있는 문장을 바로잡음으로써 시작합니다.

(분명히 몇 개 있을 거예요. 못 찾겠거든 더 열심히 살펴보거나,

이 책을 처음부터 다시 읽어보기를 권합니다.)

펼쳐진 가능성을 탐색해보세요.

글의 어느 부분이든

문제점이 발견될 때마다 문장 수준에서

작지만 의미 있는 변화를 만들어내세요.

리듬에 귀기울이세요.

쓴 글을 읽고 또 읽으세요.

아무리 정도가 약하다 해도,
내심 미묘하고 불편한 감정이나 내밀한 불안을 초래하는
그 무엇이든 감지하면 곧바로 멈춰서 어찌된 일인지 알아내세요.
해당 문장 자체와는 상관없을지도 모르지요.
그러나 다른 문장과 관련이 있을 수도 있습니다.
서두르지 않아도 됩니다.

작지만 의미 있는 변화들은
불안정한 부분을 놀라우리만치 견고하게 고치고
여러분이 이전에 눈길을 주지 않았던 방향을 제시합니다.
글에서 가장 중요한 부분—아직 쓰지 않은 부분—은
긴 문장을 둘로 쪼갤 때 생긴 틈에서 드러난다는 사실을
발견하게 될 겁니다.

가장 손쉬운 퇴고는 삭제입니다.
그러나 종종 나쁜 문장 안에 좋은 문장이 도사리고 있기도
하지요.
좋은 문장을 걷어내면 더 좋은 문장이 숨어 있기도 합니다.
그런 문장을 발견할 때까지

단어 하나하나 세심히 써나가야 합니다.

다시 상상해보지도 않고

기존 문장을 최소한의 노력으로 고치는 데 그치지 마세요.

이미 써놓은 단어만 가지고는

문장을 고치거나

더 좋은 문장으로 만들기 어렵습니다.

정확한 단어들로 이루어진 문장이라면 고칠 이유가 없겠지요.

그러나 작가들은 수정할 문장이 퍼즐 장난감이라도 된다는 듯 뚫어지게 쳐다보며

해결책을 찾을 때까지 같은 단어를 요리조리 돌려봅니다.

이 방법을 이용하면 만사형통입니다.

단락에도 똑같이 적용 가능하거든요.

하지만 단락 역시 이미 써놓은 문장만으로는 고칠 수 없습니다.

언제쯤이면 실력이 좋아질까요?

질문을 바꿔봅시다. 언제쯤이면 뚜렷한 안목을 갖게 될까요?

가능한 만큼 실력을 향상시키세요.

발전을 거듭하세요.

하지만 너무 욕심내지는 마세요.

결함을 찾아내는 것은 발전입니다.

불필요한 단어를 삭제하거나

더 적확한 동사를 사용하는 것 또한 발전이지요.
명확하고 균형잡히고 리듬감 있는 문장을 쓰는 것 또한
하나의 성취입니다.
이런 성취로 인해 좋은 문장을 더 쓸 수 있게 됩니다.
여러분이 직접 쓴 잘된 문장에
내적으로 반응하는 방법을 알게 되기도 하지요.

좋은 문장을 썼을 때 그것이 좋은 문장인지 어떻게 알아볼까요?
직감적으로 알아보고 확신할 수도 있습니다.
하지만 그보다도 내면에서
이 문장이 다른 문장과는 뭔가 확실히 다르다는
느낌을 감지할 것입니다.
초보 작가들조차도 이런 느낌을 알아차립니다.
이런 느낌은 중요합니다.
더 좋은 문장을 만들기 위한 유인이자 지침이 되기 때문이지요.

이는 하루아침에 생기는 발전이 아닙니다.
끊임없는 독서가 만들어낸 결과이며
훌륭한 문장들을 끝없이 접하여 얻어낸 결과입니다.

그리고 언젠가

여러분은 각 단어가 말하는 것보다

더 많은 내용을 전달하는 문장을 쓰게 될 것입니다.

그 문장이 말하려는 의미를 그대로 말하지 않고서도

충분히 전달하고 있으며

독자 또한 그 사실을 알고 있음을 확신하겠지요.

여러분이 직접 겪기 전까지는 불가능한 일처럼 여겨질 것입니다.

하지만 겪고 나면 그것이 정말로 가능하며

정말로 매력적인 경험임을 알게 되지요.

그런 문장을 통해 독자는 생각을 완성합니다.

반향이 일어나지요.

이것이 암시로서의 글쓰기입니다.

잘된 문장, 단락, 글이 주는 부담을 물리치세요.

어떤 작가들은 다음 문장, 단락, 글이 이전 것에 못 미칠까봐
앞으로 나아가지 못하고 맙니다.

또 어떤 작가들은 한 단락만 반짝반짝 빛나도록 손질합니다.

다음 단락에서 어쩐지 다 망쳐버릴 것 같거든요.

성공하는 만큼 실패하리라는 것을 받아들이세요.

작가로서 성장하는 데 기복이 존재하는 것은 당연합니다.

그리고 한 가지를 잘하게 되는 순간

미지의 영역으로 전진하면 됩니다.

이를 위해서는 문장에 집중하면서도
문장이 다른 방향으로 풀릴 수 있다는 점을 인지해야 합니다.
어떤 문장은 다른 식으로 쓰여야 하는 반면,
어떤 문장은 그렇지 않지요.
이런 단순한 구분을 되풀이하세요.
그러면 비교에 이골이 날 것이고
글쓰기의 기초가 잡힐 것입니다.
확실성과 유동성 사이의 어딘가에서 살아가는 데 익숙해질
것입니다.
여러분이 놓아줄 때까지
여러분의 문장은 미완의 상태로 남아 있을 수밖에 없다는 걸
기억하세요.

기록의 세계에서 영구불변한 것은 없습니다.
문자로 적힌 문장은 검토 대상이지요.

문장을 만들면서, 또 고치면서
여러분은 각 문장에 온 힘을 쏟습니다.

토씨 하나까지 다 바꾸는 공사를 하거나

작은 단위—문장 차원—에서 시작해

큰 단위로 올라가며 고치고 씁니다.

기뻐하거나 절망에 빠지는 건 퇴고에 좋은 자세가 아닙니다.

호기심, 참을성, 융통성이 좋습니다.

기꺼이 글과 소통하는 능력 또한 좋은 자세입니다.

———

글은 선형적으로 진행되지 않습니다.

여러분의 관심을 끄는 생각과 문장이

충분히 매끄럽게 전개된다는 사실을 발견할 겁니다.

여기서 전개란 단순히 연결—

밀도 높은 연결, 간접적인 연결, 생략된 연결—을 말하며

여러분이 만들고자 하는

모든 종류의 전개나 진행 방식을 뜻합니다.

…

학교에서 배운 글쓰기 방법으로 회귀하지 마세요.

논증하고 증명하고 설명하는 과정에

오직 하나의 정석만 존재한다는 답답한 생각,

독자는 말하려는 내용의 명료함이 아니라
논리에 설득당한다는 가정을 기억 저편으로 보내버리세요.

좋은 글쓰기에는 현실적 논리가 크게 필요하지 않습니다.
생각과 아이디어와 관찰의 흐름이 있을 뿐입니다.
간혹 증거가 딸려나오기도 하지요.
어떤 생각이나 아이디어나 관찰이
다른 생각이나 아이디어나 관찰을 입증하기도 하고요.
그러나 논리와 논증이라고 하는 것은 대개
근접하고 유사한 아이디어들의 연속에 지나지 않습니다.

글쓰기는 아무것도 증명하지 않습니다.
설득도 좀처럼 하지 않고요.
훨씬 더 대단한 일을 합니다.
글쓰기는 증언합니다.
글쓰기는 목격합니다.
글쓰기는 여러분이 알아차린 것을 공유합니다.
글쓰기는 여러분이 주목하는 것의 본질을 반영합니다.
글쓰기는 여러분 주위 세계의 가능성을 제시합니다.
여러분 앞에 모습을 드러내는 세계의 증거를 내놓습니다.

증명은 수학자의 일입니다.

논리는 철학자의 일입니다.

우리는 증언을 합니다.

…

학교에서 배운 글쓰기의 논리는 대체로

논리 전개에 대한 집착,

거의 의미 없이 과용된 단어와 문구 들을 묶어주는

느슨한 수사일 뿐입니다.

사실

참으로

한편으로

다른 한편으로

그러므로

게다가

그러나

어떤 측면에서

물론

반면

따라서

논리를 강조하고 강화하는 접속어들입니다.
글이 논리적이든 아니든 상관없이 논리를 고집하는 단어들이죠.
독자가 문장 중간쯤 가면 논리의 흐름을 따라잡지 못할까봐,
작가가 건성으로 단어들을 조합해 문장을 만들었다는 듯이
앞장서서 독자의 이해를 돕고자
문장 맨 앞에 자주 등장합니다.
이 단어들은 독자를 제 손바닥 위에 두고 조종하려 합니다.
독자의 반응을 미리 결정하고 통제하려
저렇게 용쓰는 것을 보면 참으로 불쾌한 노릇입니다.

이 단어들도 문장 내용을 모호하게 만들기는 마찬가집니다.
글의 전개가 실로 확연하다면
논리가 얼마나 정연하든 모호하든 간에
논리를 위한 접속어는 필요 없습니다.
한 문장이 다른 문장을 부인하거나 승인하는 것을 보면
분명히 알 수 있으니까요.

이런 접속어들은 작가의 불안을 드러냅니다.
증명은 필수적이며 항상 가능하다는,
독자는 '따라서'가 나와야 설득된다는 잘못된 믿음 말이지요.
또한 접속어들은 자신의 생각을 믿지 못해 글로 옮기지 못하는

사람들의 권위에 기대어
여러분이 쓴 글에 권위를 실어주려 합니다.

간단한 실험을 해볼까요.
가능하다면 '하지만but'을 모조리 삭제한 다음
부정이나 역접—사건의 반전—의 의미가
사라졌는지 살펴보세요.
'그러나however'가 '하지만'보다 나은 드문 경우 외에는
리듬, 형식, 맥락과 완벽히 조응하는 '하지만'이
'그러나'보다 항상 더 낫습니다.
그러니 '하지만'으로 문장을 시작해도 좋습니다.

선형성의 또다른 예가 연대순입니다.
연대순은 이야기나 있었던 일을 말할 때
'자연스러운' 방법으로 채택됩니다.
하지만 연대순으로 글쓰기는 하나도 '자연스럽지' 않습니다.
많은 수사학적 선택지 가운데 하나일 뿐인데,
그것도 대개 따분하죠.
그나마 우리 삶의 순서를 따른다는 이유로 선택되곤 합니다.

삶에서 연대순은 제한된 의미로 '자연스럽'습니다.

시간은 화살처럼 흘러갑니다.

낮과 밤도 시곗바늘을 쫓아 흘러가지요.

그러나 생각은 화살처럼 흐르지 않습니다.

분위기도 그렇고

기억도 그렇지요.

느끼고 생각하는 것,

그리고 그것들을 기억하는 내면의 삶을 생각해보세요.

어느 정도로 연대순인가요?

짤막한 부분은 시간순으로 저장되어 있을 것입니다.

그러나 우리 내면의 삶을 구성하는 요소들은 연상 작용으로

결합했다가 끊어지기도 합니다.

시곗바늘이나 하루하루 흘러가는 인생과는

아무런 상관도 없지요.

글쓰기는 우리네 삶이 흘러가는 연대기적 전개가 아니라

사실 연대순과는 무관한

내면의 삶 속 질서에 상응합니다.

연대순에 따르지 마세요.

쉽지는 않을 것입니다.

나도 모르게 시작했다 싶으면 시간의 흐름을 끊어버리세요.
아니면 아예 연대순을 무시하고 처음부터 다시 시작하세요.
읽는 중에 시간의 흐름이 기쁨으로 다가올 때가 있게 마련인데,
시간이 중단되고 방해받고 분절되는 데서 오는 기쁨도
동등하게 존재합니다.
오직 글쓰기를 통해 맛볼 수 있는 기쁨이지요.
복수의 과거 시점을 겹겹이 위치시키지 말고
단순 과거시제를 사용하세요.
필요할 경우 독자에게 시간에 대한 힌트를 줍니다.

숙련된 작가는 평범한 시간의 흐름을
흥미진진하게 만들 줄 압니다.
내러티브는 무엇보다도 쓰기 어렵습니다.
소설의 내러티브도 여러분이 생각하는 만큼 연대순은 아닙니다.
소설 한 권을 펼쳐보세요.
한 문장씩 주의를 기울여 살펴봅니다.
이야기가 시간에 따라서 전개되는 소설이 몇이나 됩니까?
장소와 인물을 풍부하게 묘사하는 데 공들인 소설은요?

우리 삶은 끝으로 가득차 있습니다.
태양은 매일 집니다.

다음날 다시 떠오르고

다시 지지요.

갖가지 끝을 경험한 독자에게

여러분의 글이 곧 끝난다는 사실을 알리려면

얼마나 엄청난 힌트를 주어야 할까요?

여러분은 이미 필요한 결말을 썼습니다.

더욱 극적인 무언가를 찾느라

그 사실을 인식하지 못할 뿐입니다.

독자는 훨씬 전부터 결말의 낌새를 눈치채고 있지요.

연대순을 따르지 말라는 조언은 관찰에도 적용됩니다.

왜 여러분이 관찰한 순서대로 말해야 할까요?

그럴 만한 이유도 없는데

왜 사건이 발생한 순서를 지켜야 할까요?

여러분이 수집한 연대순 증거도 마찬가지입니다.

마치 모든 단어가 속절없이 끈적끈적 달라붙는 것처럼

여기에 덩어리 하나, 저기에 덩어리 둘

메모와 단문에 따닥따닥 들러붙은 그것들 말이지요.

인터뷰 기록, 기사의 인용문,

현장에 다다르면서 떠올린 일련의 인상들.

여러분이 할 일은 증거 한 움큼을

수집한 순서에 따라 배열하는 것이 아닙니다.

여러분이 할 일은 손길이 닿은 모든 것을 세분화해서

증거를 세부와 상세로 해부하는 것,

말뭉치들을 잘게 쪼개서

주제에 내재된 상투적 언어에 맞서는 것입니다.

여러분이 할 일은 증거들의 접착성을,

떼어놓을 수 없도록 들러붙는 경향성을 제거하는 것입니다.

해체시키는 것입니다.

관심 가는 것에만 집중하세요.

수집한 증거의 힘이 아니라 작가의 결연한 의지로

복잡하게 얽힌 덩어리를 모자이크 타일처럼 잘게 부수세요.

그중에서 필요한 세부를 사용합니다.

그것이 다른 세부들과 끈끈하게 연결되는 방식을 잊지 마세요.

전체가 아니라 중요한 단 하나의 문제에 초점을 맞추세요.

꼭 들어가야 한다고 생각하는 곳에

꼭 필요한 인용문을 삽입합니다.

사소함이 큰 차이를 만들어냅니다.

여러분이 선택한 단어만 사용하세요.

글쓰기는 지각을 배열하는 기술입니다.

다만, 많은 경우 작가가 발견한 것에 맞춤한 형식으로
지각을 재배열하는 기술이지요.
말하기는 여러분이 원하는 배열을 따릅니다.
그것은 생각 없이도 저절로 나오는
'자연스러운' 배열과는 아무런 상관도 없지요.

여러분이 쓰는 글의 배열은 여러분의 관심사와 글을 만드는
감각, 그리고 독자에게 다가가는 여러분의 존재가 결정합니다.
여러분은 그냥 빈칸을 채우고 있는 것이 아닙니다.

───────

실험을 하나 해볼까요.
좋아하는 논픽션에서 몇 페이지 복사하거나 출력하세요.
회고록 종류만 아니면 됩니다.
(예를 들면, 트루먼 카포티의 『인 콜드 블러드』 도입부)
사실이나 주장, 풍경이나 인물의 세부사항,
시간과 인과관계의 상세정보까지 모두 밑줄을 칩니다.
여러분이 읽은 내용이—
책에서 머리로 옮겨진 바로 그 장면—
사실들을 모은 구성물이라는 점을 기억하세요.

이제 이 모든 것을 작가는 어떻게 알고 있는지 자문해보세요.

모든 세부사항, 인용문, 묘사를 위한 작가의 증거자료를
상상하거나 추측할 수 있겠습니까?
자료 목록을 만들어보세요.
책이나 기사만을 말하는 것이 아닙니다.
계절이 바뀌면서 날씨도 달라진 여러 날에 걸쳐 이루어진
취재원 인터뷰와 빈번한 현장 방문 말입니다.
경찰 일지와 신문, 소문과 뒷말,
관할 행정구역의 기록과 재산세 납부 목록, 사진첩과 묘비 등
작가가 책의 도입부를 쓰기 위해 입수한 모든 것 말입니다.

작가가 모은 크고 작은 자료는
상당한 규모가 되었고
수집한 증거는 세분화되었습니다.
모든 세부사항은
본래의 맥락—작가가 수집한 자료의 맥락—에서 벗어나
또다른 새로운 사실들이 촘촘히 펼쳐지고 있는
작가의 글 안으로 이동했습니다.
작가의 사실들은 모두 본래의 맥락에서
이 글 안으로 옮겨진 것이죠.

이 새로운 생태계는

리듬을 포함한 여러 작용의 영향을 받게 마련입니다.

연대순, 논리, 공간적 배열 등

언뜻 '자연스럽게' 보이는 그 어떤 체제도 아닌

작가의 필요가 무엇보다도 지배적인 영향을 미칩니다.

사건이 연대순으로 흐르는 때가,

분석과 반영의 순간이,

영화 속의 이동촬영 장면 같은

시각적 이동의 순간이 있을 것입니다.

렘브란트의 풍경화처럼

정지된 깊이를 드러내는 순간도 있겠지요.

그러나 글의 배열은 그런 것들에 의해 결정되지 않습니다.

배열이 다양하다 해도 결국에는

독자의 경험이라는 한 가지 지점으로 수렴됩니다.

———

학교에서는 걸출한 인물을 인용해

그 권위에 기대라고 가르칩니다.

인용으로 범벅이 된 과제문들이 기억날 겁니다.

여러분의 문장은 빙산 틈의 배처럼

인용문 사이에 위태롭게 떠 있었지요.

하지만 여러분 스스로 권위를 만들어낸다면 어떨까요?

사실을 날조하고 인용문을 지어내라는 것이 아닙니다.

독자가 여러분의 글에서

기존의 권위를 받아들여 안주하는 모습,

예의를 갖춰 그 출처를 밝히는 모습을 보는 것이 아니라

여러분의 글을 신뢰하고

여러분의 편에서

여러분의 말에 관심을 가지고 귀기울이게 되면 어떨까 하는

것입니다.

어떤 이유에서든 독자가 여러분을 믿는다면?

다른 사람이 아닌 여러분의 목소리에 귀를 세우고

여러분의 지각에 주의를 기울인다면?

여러분에게서 권위를 인식하고

여러분을 인용해야겠다고 생각한다면?

…

우리가 글을 쓰는 세계에서

권위는 항시 읽던 책을 덮고 다른 책을 고를 자유가 있는

독자의 손에 달려 있습니다.
제아무리 유행의 첨단을 달리는 소설이나 위대한 시라도
읽고 싶은 마음이 생겨야 읽는 거지요.
권위는 언제나 독자에게서 나옵니다.

서점에서든 집에서든 책의 첫 페이지를 펼친 독자는
선택의 기로에 놓이게 됩니다.
모든 권위는 독자에게 달려 있습니다.
책을 덮을 결정권도 독자에게 있지요.
그러나 독자는 저자에게 자신의 권위를 기꺼이 넘겨주려 합니다.
그러고는 계속 읽어나가지요.

독자는 거의 무의식적으로 자신의 권위를 발휘해
저자의 권위를 찾습니다.

독자로서 여러분은 자기도 모르는 새 80페이지를 읽고 나서
열려 있지만 사적인 공간에 들어서는 몰입 상태를
경험해보았을 것입니다.

작가가 가지는 모든 권위는 독자가 승인합니다.
작가의 권위를 인식한 독자가 그에 답해 승인한 것이지요.

'권위'는 명료한 언어와 명료한 지각에서만 비롯됩니다.

권위는 독자의 신뢰가 만들어냅니다.

권위는 작가와 독자 사이에 내포된 유대,

계속 읽고 싶다는 욕망의 다른 말입니다.

작가를 어디로든 따라가려는 욕망 말이지요.

"독자가 여러분을 따라갈 수 있을까요?" 이는 문제가 아닙니다.

그것은 단지 문법과 문장 구조의 차원에 속하는 문제입니다.

진짜 중요한 문제는 "독자가 여러분을 따라갈까요?"입니다.

───────

독자를 유혹해야 한다고,

첫 단락에서 승부를 봐야 한다고들 말하지요.

(허튼소리입니다. 오히려 나쁜 글을 쓰게 되는 원인입니다.)

독자는 마음에 드는 한 단락, 심장이 멎을 정도로 영리한 글,

재치를 뽐내는 문장들을 찾으려고 책을 읽는 것이 아닙니다.

독자는 일정한 분량을, 지속되는 연속성을, 그리고 무엇보다도

작가의 개입,

즉 문장 하나하나가 정적인 구조물로 존재하는 것이 아니라

작가에 의해 살아 있는 느낌을 좋아합니다.

의심스럽다면 여러분 스스로 책을 읽을 때 관찰해보세요.

리듬은 작가의 권위가 비롯되는 필수적인 원천입니다.

문장이 다른 방식을 취하면 리듬이 완전히 달라지지요.

리듬은 많은 것의 지표입니다.

독자는 리듬으로 문장의 명료함을 가늠합니다.

리듬은 혀와 마음을 차분하게 합니다.

균형과 추진력을 창조합니다.

리듬은 매우 요긴하며 제대로 갖춰놓을 가치가 있습니다.

————

가장 중요한 점:

권위는 여러분이 택한 주제가 아니라

글을 쓰는 방식에서 나옵니다.

어떤 주제도 무성의한 글쓰기를 만회할 수는 없습니다.

하지만 잘된 글쓰기는 어떤 주제도 흥미롭게 만들 수 있습니다.

"글의 주제는 오로지

작가가 사용하는 언어의 은총으로 존재한다."

이 책의 제사인 조이스 캐럴 오츠의 말이 바로 그 뜻입니다.

여러분의 은총, 여러분의 권위는

주제의 정당성을 보장하는 것이 아니라

창조해냅니다.

주제는 여러분의 글을 정당화할 수도 없고

잘 안 된 글을 벌충할 수도 없습니다.

글쓰기만 놓고 보면, 작가가 느끼는 감정의 강렬함과

주제의 힘은 아무런 의미도 없습니다.

우리는 그 힘과 강렬함을

글의 힘과 강렬함을 통해 언뜻 볼 뿐입니다.

그러나 어째선지 우리는 주제가 가장 중요하다고 생각합니다.

작가는 다름 아닌 자신이 쓰는 이야기이며

작가의 권위는 자신의 인생사에 달려 있다고

작가의 권위는 진정성에서 나온다고 믿습니다.

사람들은 저마다의 사연을 말로 늘어놓지요.

그렇다고 그들이 작가는 아닙니다.

그 사연이 이목을 끄는 것도 아니지요.

만약 여러분이 이야기 자체라면

다른 이야기는 어디서 구할 건가요?

여러분의 글에 침묵과 참을성과 명료함을 구축하는 법을,
유연하고 리듬감 있고 정확하며
인식으로 충만한 문장을 만드는 법을 이해하게 되면
여러분은 어떤 것이든 쓸 수 있습니다.
여러분 자신에 관해서도 말이죠.

───────

'권위'라는 단어가 불편할 수도 있습니다.
'권위주의'를 연상시키며
군림한다는 뉘앙스를 풍길는지 모릅니다.
자기비하,
자기불신의 문제를 직시할 필요가 있습니다.
특히 여러분을 둘러싼 세상과
여러분이 무엇을 말할 수 있을지 알아차리는 데 있어서요.
여러분은 자신의 인식을 부정하고 묵살하는 데
익숙해져 있을지 모릅니다.
스스로에게 끊임없이 이의를 제기하거나
자신을 과소평가하는 습관을 지니고 있지는 않은가요?

"나의 문제점은……"이나

"내 생각은 중요하지 않습니다"와 같은

만성적인 자기폄하의 언어를 포착하세요.

이런 말이 아마 습관적으로, 무의식적으로 튀어나올 거예요.

이는 가정교육이든 학교교육이든 교육의 산물이기도 합니다.

주의를 기울여

얼마나 해로운 말인지 곰곰 따져보세요.

그런 말은 여러분의 인식이 가치 없다는 메시지를—드러나든

드러나지 않든—띕니다.

이런 습관에서 벗어나기 위해 할 수 있는 모든 일을 하세요.

…

가장 좋은 방법은 사실을 이해한 대로 단호히 내세우고

여러분이 축적한 인식을 확고히 드러내면서

분명하고 꾸밈없이 쓰는 것입니다.

문장이 좋아질수록

여러분만의 권위가 언어 속에 굳건히 뿌리를 내릴 것입니다.

한동안은 여러분 자신을 위해 글을 쓰고

오직 언어에만 귀를 기울여야 할지도 모릅니다.

괜찮습니다.

여러분의 권위가 설득해야 할 첫번째 사람은 바로
여러분입니다.
자신을 설득하기를 포기하지 마세요.

아이디어가 좋지 않으면 어쩌나,
문장이 따분하거나 독창적이지 않으면 어쩌나
걱정이 될지도 모릅니다.

하지만 여러분의 아이디어가 조리 있고 사려 깊다면,
여러분의 인식이 치밀하고 진실되다면,
여러분의 문장이 명료하고 꾸밈없다면 어떨까요?
치밀하고 진실된 무언가를 드러내는 것이
글쓰기에서 최고의 성취라면?
누가 봐도 명백한 것을 간단하고 명료하게 표현하며
중대한 세부사항을 파고드는 일은 매우 어렵습니다.

여러분에게는 명백해 보이는 아이디어가
독자에게는 그렇지 않은 경우가 얼마나 많은지 놀랍습니다.
그 반대도 마찬가지고요.
여러분의 상식이 독자에겐 깨달음이 될지도 모르죠.
여러분의 아이디어를 제대로 시험하는 방법은 딱 하나입니다.

그것이 여러분 자신의 관심을 끄는지, 기대감을 자극하는지 알아보는 것이죠.

그것에 관해 쓰면서 얼마나 많은 놀라움을 발견하는지 알아보는 것입니다.

글쓰기의 한 가지 목적은—가장 중요한 목적이기도 하죠—
지금 이 순간 존재하는 세상을 증언하는 것입니다.
모든 사물이 어떻게 존재하는지 있는 그대로 입증하는 것이
여러분이 해야 할 일입니다.
처음에는 생소하게 느껴질 것입니다.
단지 관찰한 것이 아니라 사실로 보이는 것만 말해야 하는지
세심하게 제한된 환경에서뿐만 아니라
누구에게나, 어쩌면 언제나 사실인 것을 말해야 하는지
감이 잡히지 않을 것입니다.
누가 사물의 존재 방식을 말하라고 요청을 했나요?
그런 증언을 할 권위는 어디서 구했나요?
답을 찾는 것은 여러분 몫입니다.

———

연습은 외부의 압력이 있어야 가능하다고 생각하는 사람들이

있습니다.

일정한 시간을 정해 엄격한 규칙 속에서 홀로 해야 한다는 것이죠.

한편 연습은 내부적으로 다져진다고 보는 사람들도 있습니다.
깨달음을 얻고 잡념 없이 목적을 굳히는 과정이라는 것이죠.

연습이란 그저 호기심, 기대, 희망일 뿐입니다.
여러분이 관심 있는 작업이라면 절대 어렵지 않습니다.

만약 마음에 안 든다면 어쩌죠?
어떤 부분이 마음에 차지 않는지 알아볼 기회입니다.
무엇이 문제인가요?
아이디어의 흐름인가요?
글의 성격인가요?
여전히 마음속으로 받들고 있는 의무와 규제인가요?
아직까지 고수하고 있는 규칙과 두려움인가요?

여러분이 택한 단어 하나하나가
피할 수 없는 덫의 일부처럼 느껴지나요?
스스로의 것이 아닌 논리나 배열을 따라가는 것 같은가요?
막다른 길로 끝날 미로를 만드는 기분인가요?

결코 구사할 수 없을 언어를 끼적이는 느낌인가요?

우리는 글을 쓰면서 무척 자주
글쓰기 자체와 관계없는 고민들과 씨름합니다.
그런 고민들은 여러분이 생각하고 말하려는 것에,
말하는 방법과 문장에 담긴 내용에
곧장 주의를 기울이지 못하게 하지요.
여러분의 마음이 만드는 풍경을 바라보지 못하게 합니다.

진짜 연습은 여러분의 관심사를 기억하고
되찾는 것—필요하다면 발명하는 것—입니다.
여러분이 관심 갖지 않는 주제가
어떻게 다른 사람의 호기심을 불러일으키겠어요?

———————

사실 문장에는 전혀 문제가 없을지도 모릅니다.
글을 쓰면서 자라난 기대감,
여러분이 만족시키고자 노력하는 다양한 독자들,
상상 속의 비판들,
스스로 선택하지도 않았으면서 지키려는 관습들,

장르 내부의 규약들이 문제입니다.

끝없이 줄지어 저절로 나오는 문장들은 말할 것도 없고요.

여러분은 정말로 텅 빈 모니터나 하얀 종이에 글을 쓰고 있나요?

아니면 반드시 해야 할 것, 준수해야 할 방식,

규칙이나 규정의 흔적이 어른거리는 종이에 쓰고 있나요?

…

여러분의 글쓰기를 방해하는 요인을 자각하세요.

여러분은 미래의 문장들을 가로막고 결국엔 스스로를 옥죌

문장 구조나 논리 패턴을 만들고 있는지도 모릅니다.

예를 들어 대구나 대조는

글의 구조를 형성하고 안내하는 듯 보이지만

사실 여러분의 손발을 묶는 것이나 다름없습니다.

다음 몇 문장, 다음 몇 단락이 펼쳐질 방식을 결정하는 데

도움을 주겠다고 약속하는 패턴, 유사점, 연결고리에

여러분이 본능적으로 반응한다는 점을 알아채야 합니다.

글에 속도가 붙어 더 쉽게 쓸 수 있기를

바라 마지않는 듯이 말이지요.

그런 본능에 저항하세요.

이미 결정된 형태로 문장을 쓰도록 강요받는,
덫에 걸렸다는 느낌을 받게 될 것입니다.

작가가 글을 쓰면서 느끼는 가장 강렬한 감정 중 하나는
문장이나 단락을 이렇게 혹은 저렇게 만들어야 한다는 의무감,
바로 그 문장, 그 단락을 써야 한다는 의무감입니다.
끔찍한 감정이고 골칫거리죠.
그 의무감에 질문을 던지세요.
그것을 피해 갈 나름의 방식을 찾아보세요.

반드시 써야 한다고 느낀 것을 쓰지 않는 일은
쓸 수 있는지 몰랐던 것을 발견하는 일과 마찬가지로
글쓰기의 일부분입니다.
모든 문장은 구조적으로 자유로울 권리가 있습니다.

경제적으로 쓰려면 때로는
더 단순하고 평이한 문장을 고민하며
가장 단순하고 직접적인 길을 찾아야 합니다.
여러분이 만드는 많은 문장 가운데 어떤 것은
단도직입적으로 표현하는 편이 가장 효과적일 것입니다.
평이한 문장들도 울림이 있는 문장들만큼

목적이 뚜렷하고 효율적입니다.

여러분의 관심사를 되찾고 연습하는 방법은 종종
문장을 고치고 구문에 신경쓰며
문장 자체의 문제를 들여다보는 것처럼 작은 일에서 비롯됩니다.
문장 하나하나, 생각 하나하나에 집중하며
이 문구를 더 낫게 수정하고 저 동사에 힘을 실어주는 동안
여러분의 기분도 좋아질 거예요.
이런 사소한 작업이 여러분을 구할 것입니다.
그 반대가 아닙니다.

———————

이제 또다른 독자에 대해 이야기할 때가 되었네요.
아마도 여러분은 내내 그 독자가 누군지 궁금했을 겁니다.
알쏭달쏭한 문장을 항상 잘못 이해하고
문장 구조를 잘못 읽는 데 탁월한 독자가 아니라
그런 독자와 같은 뇌 속에서 함께 사는 또다른 독자입니다.
읽을 줄 알고 호기심이 강하며 사고가 유연하고 지적인,
열린 마음의 소유자이지요.

여러분이 받은 글쓰기 교육에는 존재하지 않았던
또다른 독자가 존재한다고 상정해봅시다.

여러분이 그간 배워온 글쓰기에 따르면,
독자는 기껏해야 지루함을 참으며
힘들게 느린 걸음을 내딛습니다.
산만하기 이를 데 없는 독자가 고개를 돌리지 않도록
텍스트 곳곳에 얄팍한 장치들이 필요하지요.
이런 가정은 어디에서나 찾아볼 수 있습니다.

우리는 독자를 위한다며 생소한 단어를 제거하여
독자가 그런 단어를 익힐 기회를 영영 빼앗아버리지요.
우리의 글에 온갖 논리를 가져다 채워넣고
독자가 스스로 좋은 사색을 한 것처럼 착각하게 만듭니다.

평범한 독자라는 관념은 공허한 자만의 결과입니다.
평범함은 평범함을 낳습니다.
독자의 한계를 예단하지 마세요.
여러분이 그 한계에 갇히게 됩니다.

잘 쓰려면 여러분이 다르게 읽는 것으로는 부족합니다.

다르게 읽는 독자를 떠올려보세요.

그는 언어의 움직임에 민감하게 반응하고

위트, 아이러니, 추론, 암시와 같이

작가와 독자가 서로 말하지 않아도 이해할 수 있는 글쓰기의

특징을 잘 압니다.

여러분이 신뢰할 수 있는 독자를 상상해보세요.

단순한 요청처럼 보입니다.

하지만 여러분이 받아온 교육이 암시하는 독자를 위한 글쓰

기와

신뢰할 수 있는 독자를 위한 글쓰기의 차이는

논리 전개나 거짓 논리 같은 인위적 장치를 잔뜩 사용한

어설픈 글쓰기와

어디로든 즉시 날쌔고 자유롭게 움직일 수 있는

잘된 글쓰기의 차이와도 같습니다.

여러분은 평생 여러분을 신뢰해주는 책을,

여러분이 지적 능력과 의욕을 갖추었으며

어떤 자취도 따라가고 보이지 않는 눈짓도 감지할 수 있다고

믿어주는 책을 읽어왔습니다.

학교에서 독자를 신뢰하지 말라고 배웠던 그때조차도 말이죠.
…
여러분이 가장 좋아하는 책들은 아마도
여러분을 가장 신뢰해준 책들일 겁니다.

그럼 만약 여러분이 독자를 신뢰한다면 어떨까요?

논리적 핑계, 논리 전개에 대한 집착,
야금야금 증식하며
서로 물고 물리는 문장들과 같은
불신의 장치들이 사라질 것입니다.

독자를 억누르는 장치들도
함께 사라질 것입니다.
젊은 작가들조차 쉽게 그 유혹에 넘어가는 권위 흉내내기
즉 권위가 갖는 명료함과 단순명쾌함이 아니라
위계질서와 그 경계에 관한 문장들 말입니다.

여러분이 신뢰하는 독자를 억누르려 할 이유가 있겠습니까?
여러분이 신뢰할 수 있는 독자란
이미 여러분을 신뢰하는 독자입니다.

글쓰기와 읽기의 즐거움은 그 상호성에 자리합니다.
여러분 자신을 신뢰하지 않으면 독자도 신뢰할 수 없습니다.

신뢰할 수 있는 독자는 여러분의 문장이
약속과 계약을 창조하는 방식에 민감합니다.
이런 암묵적인 약속들이 여러분의 문장을 관통합니다.
…
여러분이 모호한 문장을 쓴다면
무분별한 암시의 상태를 제시하는 셈이며
독자를 상대로 온갖 지킬 수 없는 약속을 하게 됩니다.
작가는 그 암시들을 의식하지 못하기 때문입니다.
하지만 독자는 암시들이 거듭 생성되고 해체되는 것을 느끼지요.

여러분의 문장은 하나씩 무대 위로 올라왔다가
서로 영향을 주고받지 않은 채 하나씩 내려갑니다.
하지만 서로 열심히 귀기울이면서
각자의 약속들에 특별한 관심을 보이지요.

문장의 구조와 리듬 속에서,
사고의 속도, 움직임의 강도,
강약 조절의 흐름에서

믿을 만한 독자는 작가의 습성에 적응하는 법을 알아갑니다.
어느 정도는 적힌 것과 상반되는 내용을 발견하기도 합니다.

그런 읽기는 은총과도 같이
우리 자신으로부터 벗어나는 기쁨을 줍니다.
우리가 어렵게 쓰는 작가들을 좋아하는 이유를
달리 설명할 수 있을까요?
우리 앞에 놓인 글쓰기의 강렬함과 교묘함.
그들의 명민함이 우리의 명민함을 환기시킵니다.
그들이 어디로 움직이든
우리는 모습을 숨긴 채 간접적으로
그들의 속도에 맞춰 움직입니다.

———————

첼리스트가 바흐의 무반주 첼로 모음곡을 연주한다고 칩시다.
첼리스트는 관객을 염두에 둘까요?
(바흐가 그랬을까요?)
관객의 수입과 교육 수준과 사회 배경에 따라 달리 연주할까요?
아닙니다. 작품이 관객을 선택합니다.

"독자는 누구인가?"라고 묻고 싶은 유혹에 시달릴 것입니다.
"독자에게 나는 누구인가?"가 더 나은 질문입니다.
"이 글에 얼마나 다양한 '나'가 드러났는가?"도 좋은 질문이죠.
단 하나여야 한다고 누가 그러던가요?

조만간 여러분은 이런 질문도 떠올리게 될 겁니다.
"나는 독자가 무엇을 알게 되길 바라는가?"
"나의 세계가 독자의 세계와 얼마나 중첩되는가?"와 상통하며
작가로서는 당혹스러운 질문이죠.

저 철학적인 질문 뒤에는 좀더 현실적인 질문이 숨어 있습니다.
"어느 정도까지 설명해야 하는가?"

여러분의 글이 다음의 두 가지 맥락에서
읽히게 되리라는 사실을 기억하는 것이 좋습니다.
독자가 읽기에 관해 알고 있는 것,
독자가 인생에 관해 알고 있는 것.
작가들 다수가 인생 부분을 깜빡하지요.

독자를 신뢰하는 것은
과도한 서술, 과도한 묘사, 과도한 설명, 과도한 의미 부여를

제어하는 한 가지 방법입니다.

독자는 이해해야 할 것이 많아지는

번거로움을 감수해야 할 테지요.

이는 작가와 독자 간에 끊임없이 일어나는 타협의 일부입니다.

좋은 독자는 좋은 작가가 어디로 가든 따라갈 것입니다.

좋은 작가는 좋은 독자를 힘닿는 데까지 돕습니다.

바로 이것이 작가로서가 아니라 **독자로서**

여러분의 글을 읽을 줄 알아야 하는 이유입니다.

독자로서의 자신을 신뢰할 수 있도록 하세요.

다른 방법이 없습니다.

많든 적든 상상 속의 독자를 가정하며 쓰지 말고

여러분 안의 독자에게,

언제나 한결같으며 가까이 있는

신뢰하는 독자의 대리인에게 쓰도록 노력해보세요.

이야기를 하면서 무미건조한 독자가 되었다가

신뢰를 한몸에 받는 독자가 되는 역할놀이로 생각하면 됩니다.

…

이는 여러분이 글을 쓰며 쌓아온 상당한 사전지식 없이

여러분의 글에 다가가려는 노력입니다.

문장 하나하나가 드러내는 내용으로부터
여러분의 글에 관해 알게 된 사실을 취합하는
독자의 경험을 상상하는 것입니다.

독자가 되어 다른 작가의 작품을 읽어내려갔던
기나긴 시간의 축적 없이는 불가능한 일입니다.
문장 하나하나에서 스스로를 낯선 세상에 위치시키고
단어 하나하나에서 인물을 알아가며 플롯을 해석하고
쟁점들을 소화하고 사고 과정을 추적하며
새로운 내용이 나와도 평정심을 잃지 않는 그런 시간들 말이죠.

———————

여러분 안의 독자가 된다고 해서
여러분 자신을 위해서만 글을 쓰는 것은 아닙니다.
유아론이나 자기중심주의가 아닙니다.
여러분과 여러분 외의 독자를 이어주는 연대에의 믿음,
문장들이 보증한다는 전제하에
여러분이 관심 있는 것에 독자 또한 관심을 보이리라는 확신은
경제적인 글쓰기를 위해 중요한 사항입니다.
여러분과 독자가 생각보다 더 비슷하다는 사실을

있는 그대로 믿어야 합니다.

그러지 못한다면 위에서 언급한 것 중 무엇이 가능하겠어요?

여러분은 여러분 안의 독자일 뿐만 아니라

스스로의 편집자이기도 합니다.

여러분의 하나뿐인 편집자 말입니다.

글쓰기는 하나부터 열까지, 아무리 사소한 것이라도

여러분의 책임 아래 이루어집니다.

아무도 수정해주거나 정리해주지 않습니다.

말끔하고 정확하고 지적으로 교묘하고 시적이고 지혜롭게 써서

남달리 명료한 글을 만드는 것은 여러분의 몫입니다.

이 모든 요소를 교정도 해야죠.

그러려고 작가가 된 것이 아니겠습니까?

여러분은 독자의 무지에 책임이 없고

독자는 여러분의 지성에 보태준 것 하나 없습니다.

독자의 수준과는 따로 노는 게 아닐까 걱정할 것 없이

알고 싶은 것을 알아가고, 배우고 싶은 것을 배우고,

쓰고 싶은 것을 쓰세요.

동시에 따뜻한 손길로 독자의 참여를 격려해주세요.

독자가 지금 어느 정도 왔는지,

지금 어디에서 무엇을 하고 있는지 환기시켜줍니다.

이따금 멈춰서서 당신이 함께 있음을 상기시켜주세요.

독자를 돛대 꼭대기의 망대에 데리고 올라가

조류와 진행 방향을 느끼게 합니다.

모순처럼 들릴 겁니다. 그래요.

하지만 그런 게 글쓰기랍니다.

———————

글쓰기는 언제 완료될까요?

마지막 문장을 쓰고 머릿속에서 지워버린다고 끝이 아닙니다.

글이 언제 끝나는지를 알아야 합니다.

즉 '퇴고를 언제 멈춰도 될지 어떻게 아는가?'라는 것입니다.

왠지 두려움을 불러일으키는 질문이죠.

자연선택의 여지도 없이

모든 문장의 돌연변이를 얼마나 생산해내야 하느냐는 두려움

말입니다.

'완료'는 절대적이거나 임의적이지 않습니다.

작가로서 여러분의 한계를 시험하지도 않습니다.
'완료'는 타협입니다.

글을 어디까지 밀고 나가고 언제 놓아줄지 아는
경제적인 글쓰기의 또다른 측면이기도 합니다.
마침내 멈추면서 이만하면 됐다 싶을 때도 있을 겁니다.
시간이 더 있었으면, 돈이 더 많았으면, 조사를 좀더 했으면,
아는 것이 좀더 많았으면
좀더 밀고 나갈 수도 있었을 테지만요.
…
하지만 때로는 이제 하나의 특정한 평행우주가 완성되었다는
확실성이 느껴질 것입니다.

'최종 완료'는 타협의 의미를 제대로 살리지 못하는 것 같으니
주어진 상황 아래 최대한 완벽을 기한다는 뜻에서
'최종 마무리'로 부르도록 합시다.

'완료'에는 객관적인 척도가 없습니다.
여러분 내면의 확신,
작업에 대한 자체평가로서의 반응,
평생 책을 읽어오면서 풍부하게 경험한

완성의 느낌에서 나온 감정이 지표입니다.

처음에는 너무 일찍 '완료'될 것입니다.
여러분은 글을 끝내고 나서야
문장들이 모호함을 얼마나 잘 숨기고 있었는지 깨닫겠지요.
혹은 '완료'가 너무나 요원해서 한없이 퇴고를 거쳐야
비로소 도달 가능한 완벽의 상태로 보일지도 모릅니다.

하지만 어떻게 보면 글의 완성도는
글에 내재되어 있습니다.
마지막 퇴고 한 번, 마지막 교정 한 번으로
그 모습을 드러냅니다.
의외의 순간 불시에 찾아올 공산이 큽니다.
…
여러분은 단어 하나, 문구 하나, 문장 하나, 리듬 하나가
유기적인 균형을 찾을 때까지 안간힘을 씁니다.
처음에는 그 유기성의 성격과 방향을
스스로 알고 있다 착각하지요.
하지만 그렇지 않습니다.

그러니 '완료'에 관해 말하는 것은 시기상조입니다.

때가 되면 여러분 스스로 알게 될 거예요.

다음 두 가지를 염두에 둘 필요가 있습니다.

마지막 문장을 쓰고 나서 '끝'을 외칠 수는 없습니다.

그리고 쓰는 방식이 바뀌는 만큼

완성을 향한 여정도 달라질 것입니다.

이제 더 긴요하지만 더 무시무시한 질문을 해보겠습니다.

'언제 퇴고를 멈춰야 할지 어떻게 알 수 있나?'

여러분이 진행한 퇴고가 정말 글을 개선했는지

판단하기 어려울지도 모릅니다.

그러니 다음과 같이 퇴고하세요.

되도록 간결하게. 단어를 더하지 말고 덜어내세요.

되도록 직접적으로. 얼버무리거나 에두르는 표현은 삼가세요.

되도록 단순하게. 복잡한 구조와 어려운 단어는 피하세요.

되도록 명료하게. 매 순간 모호함을 경계하세요.

되도록 리듬감 있게. 글 전체가 리듬을 갖게 하세요.

되도록 문자 그대로. 불분명한 수사를 고쳐 쓰세요.

되도록 암시를 활용하여. 문장이 침묵으로 말하게 하세요.

되도록 변화를 통해. 항상 명심하세요.

되도록 과묵하게. 많이 늘어놓지 마세요.

되도록 세상을 향해. 여러분의 세상을 발견하세요.
되도록 개입함으로써. 조용하지만 굳건한 권위를 토대로 쓰세요.

그리고 모든 게 잘 맞아 돌아갈 때가
그 모든 걸 부숴야 하는 때입니다.
그다음으로 잘 작동하는 것을 찾을 때까지
부수고 또 부수세요.

이 책을 시작하면서 이렇게 말했죠.
"한 문장 한 문장이 드러내는 내용,
겉으로 드러나지 않는 내용,
암시하는 내용을 파악하라."

꾸준히 노력할 수 있는 방법을 알려달라고요?
읽기를 멈추지 마세요.
지금껏 상상한 것보다 더 좋은 문장으로
말할 줄 안다고 생각했던 것보다 더 많은 내용을 말하세요.
그 행간을 읽어내는 독자를 위해서.

산문 몇 편과 질문들

이제 글 몇 편을 살펴보며 실전 연습을 해볼 차례입니다.

아래와 같은 반응은 금물입니다.

글이 마음에 드는가?

저자가 마음에 드는가?

저자가 여러분을 마음에 들어 하는 것 같은가?

글의 내용이 마음에 드는가?

이런 질문들은 실험에 방해가 될 뿐입니다.

의미와 의의도 따지지 않습니다.

저자가 "말하려 하는" 것에 신경쓰지 않는 거예요.

한두 가지 예외가 있을 수 있지만, 앞으로 나올 글은 앞뒤 내용과 유기적으로 연결되어 있는 부분을 발췌한 것이므로 그 자체로 완결된 글은 아닙니다.

스스로를 유심히 살펴보세요.

나중에 의미로 바뀔 무언가를 찾으려 할지도 모릅니다.

글의 스타일이나 이론적인 내용을 해부하려고 용을 쓸지도 모르죠.

그러지 마세요.

"이게 중요한지는 모르겠지만……"이나 "별것 아닌데……"로 시작하는 생각이 가장 바람직한 접근입니다.

알아챈 것을 알아채기만 하면 됩니다.

알아챈 것의 중요성을 따지려 하지 마세요.

물론 중요합니다. 알아챈 것이 무엇인지 정확하게 짚어내지 못하더라도 말입니다.

먼저 큰 소리로 읽어보세요.

여러분이 글에 대해 던질 질문은 이미 정리해두었습니다(205

~207쪽).

다른 질문이 더 생길 거예요.

비스듬히 말린 두건이 물에 흠뻑 젖었다. 나는 두건을 이따금 강물에 적셔 머리에 둘렀다. 물은 화씨 46도(8도씨)다. 그 사원에서와는 달리 청량해 살 만하다. 며칠 전 햇볕 아래에서 얻은 두통이 가셨다. 작열하는 북극의 태양은 빛나기보다는 쏘아대는 듯했다. 티셔츠에서 흘러내리는 물줄기마저 기분이 좋다. 바위를 넘쳐흐른 가장 깨끗하고 순수한 강물에 잘게 부서진 빛이 반짝이며 눈가에 와닿는다. 고도 때문에 두통이 생겼었나 싶지만 우리가 산에서 내려온 걸 감안하면 겨우 해발 몇백 피트 높이에 있을 뿐이다. 카누 한 대와 카약 두 대로 강을 내려가는 지금, 다행스럽게도 내가 카약에 탈 차례가 아니어서 순록 뿔(카누 중간 부분에 캠핑 용구와 함께 처박혀 있던)에 걸려 있던 낚싯대를 꺼내 강가의 암벽을 향해 내던진다. 회색숭어가 올라와 잠시 머뭇거린 뒤 미끼를 물고 한동안 아등거린다. 나는 미끼를 떼어내고 회색숭어를 보낸다. 셔츠에 손을 닦지 않으려고 신경쓴다. 며칠 입었더니 셔츠가 지저분하다. 하지만 여기 이곳 회색곰들 사이에서 물고기 냄새보다는 사람 냄새 풍기는 편을 택하겠다.

　　　　　_존 맥피, 『그 땅으로 들어가며Coming into the Country』

뉴올리언스에서 알렉산드리아까지 거리는 190마일이다. 뉴올리언스에서 배턴루지까지의 첫 90마일은 미시시피 동편에 자리한 곧고 빠른 고속도로다. 제방에서 멀리 떨어져 있어서 구불거리는 길을 피할 필요 없고, 습지대에서 높이 떨어져 있어서 다리가 필요 없는 길이다. 진득하게 시선을 둘 만한 것은 없다. 길 양옆으로 이어지는 늪지대는 죽은 듯이 고요한, 잡초가 우거진 도랑 같지만, 표면 아래에는 악어거북, 동갈치, 독사, 악어가 주도면밀하게 살아가고 있다. 포유동물에는 물쥐와 사향쥐와 잘 알려지지 않은 종류의 쥐인 뉴트리아가 있다. 뉴트리아는 특별히 사나운데, 다른 종류의 쥐를 착취해 살아간다. 우리가 지나가던 날 하늘을 순찰하던 새떼는 죽은 쥐를 찾던 터키콘도르였다. 집주인이 여름휴가를 떠나기 전 무심코 꽃에 너무 많이 준 물냄새 같은 것이 풍경을 짓누르고 있었다. 정치에 관해 대화를 나누기에 알맞은 조건이었다.

　　_A. J. 리블링, 『루이지애나 백작The Earl of Louisiana』

썰물이 졌다. 개펄에 광택 없는 오목한 웅덩이들이 눈이 닿는 곳까지 뻗어 있었다. 회색과 녹색과 파란색과 보라색이 섞인 부드러운 단조로움이. 그물을 드리운 듯한 수천 갈래의 개울이 마치 퀼트 같았다. 해가 뜨나 해가 지나 물이 똑같은 경로로 드나들다보니 진흙이 깎여 작은 언덕 사이로 몇 피트 깊이의 통로가

생겼다. 이곳에서 서식하는 작은 생명체들에게 가장 마음에 드
는 풍경이리라. 이 통로들을 흐르는 겨우 몇 인치 너비의 작은
물줄기가 명실상부한 폭포를 만들었고, 떠내려 보내려는 여울을
끝까지 버틴 저돌적인 지푸라기는 움푹 들어간 호수를 만들었
다. 섬에서는 풀뿌리가 진흙을 움켜쥐고 서로를 부여잡아 터를
잡고 무성한 정글로 자랐고, 풀 하나가 다른 풀 위로 솟아 정말
작은 식물 탑을 쌓았다. 이 현장은 신묘한 원리가 과도하게 투여
되어 낭비된 곳이다. 이 모든 공력의 결과가 하루에 두 번씩 완
전히 사라진다는 것을, 밀물의 거친 파고로 인해 수천 갈래 개
울이 제 모습을 잃는다는 것을, 질퍽한 땅을 굳은 땅으로 만들
겠다는 굳은 일념으로 쑥쑥 커가던 풀이 바닷속으로 잠겨버리
고 만다는 것을 생각하면 참 이상한 일이다. 땅에서 벌어지는 이
런 신묘한 원리의 낭비와 영원하지 않은 형성의 과정이 우리 머
리 위에서도 마찬가지로 일어난다. 잠시 성, 사원, 산, 어마어마
하게 큰 새 모양이던 거대한 구름이 겨울바람에 깨끗이 밀려 하
늘 저쪽 구석으로 넘어갈 때는 이미 언덕이나 거리가 닿지 않을
정도로 멀리 떠난 뒤다.

어릴 때부터 셈에 밝았지만 불행하게도 숫자를 멀리하려다가
그 때문에 투옥되었고, 숫자를 가까이했으나 그로 인해 죽임을
당한 세티 씨의 유골을 품기에 이보다 더 온화하고 맞춤한 장소
는 없었을 것이다.

_레베카 웨스트, 「미스터 세티와 미스터 흄Mr. Setty and Mr. Hume」

나의 고모 메이, 사후에 처음 발견한 일기가 고모부 버지(줄리어스 앨런 모로, 1885~1970)와 오랜 세월, 시속 30마일을 넘지 않는 속도로 차를 몰아 방문한 곳들, 이를테면 조지아주에 있는 토코아 폭포나 사우스캐롤라이나주의 앤트레빌 같은 곳을 날짜와 함께 정리한 목록이자, "우리 아버지는 수의사였다. 하지만 평범한 수의사가 아니었다"나 "아무도 내가 사랑한 만큼 나를 사랑하지 않았다"처럼 속마음을 드러내는 두 문장도 포함된, 페이지를 가로질러 쓴 두서없는 문장들의 기록이었던, 나의 고모 메리 엘리자베스 대븐포트 모로(1881~1964), 그리고 사우스캐롤라이나주 앤더슨시 이스트프랭클린가에 사는 코라 시플렛이라는 이 덕분에 독서의 즐거움을 알게 되었다.

_가이 대븐포트, 「독서에 관하여On Reading」

당신은 석탄 채굴 과정을 보았더라도, 아마 일부분만을 보았을 것이다. 그래서 계산을 좀 하고 나서야 채굴자의 작업이 얼마나 엄청난지 깨닫게 된다. 대개 한 사람이 4~5야드 폭을 해치운다. 채굴 기계가 5피트 깊이에서 석탄을 파내 석탄층이 3~4피트 높이로 드러나면, 각자가 캐내고 쪼개서 7~12세제곱야드의 석탄을 벨트에 싣는다. 그러니까 1세제곱야드의 무게가 3000파운드일 때, 한 사람이 한 시간에 석탄 2톤을 나르는 속도로 일하는 것이다. 나는 채취와 채굴 작업을 충분히 해봐서 이것이 무엇을 의미하는지 알고 있다. 앞마당에 도랑을 파는데, 만약 흙 2톤을 오후 내내 다른 곳으로 옮기고 나면 차 한 잔 마실 만큼은 일했다고 느낄 것이다. 하지만 흙은 석탄보다 훨씬 수월하다. 수천 피트 밑 지하 숨막히는 열기 속에서 숨쉴 때마다 석탄 가루를 마셔가며 무릎 꿇을 필요가 없다. 작업을 시작하기도 전에 허리를 두 배로 구부린 채로 1마일을 걸어갈 필요도 없다. 광부의 일은 공중그네 곡예를 하거나 대장애물 경마대회에서 우승하는 것만큼이나 내 능력 밖이다. 나는 육체노동자가 아니며, 간절히 바라건대 앞으로도 그러기를 바란다. 그러나 해야 한다면 할 수 있는 육체노동이 몇 가지 있다. 열심히 한다면 웬만한 거리청소부나 비효율적인 정원사 혹은 최악의 농부가 될 수 있을 것 같다. 하지만 광부는 상상도 못할 노력과 훈련을 거쳐야 될 수 있을 듯싶다. 몇 주면 나가떨어질 테지만.

_조지 오웰, 『위건 부두로 가는 길The Road to Wigan Pier』

중국의 전쟁은 어떨까? 음, 적어도 역사책에 등장하는 전쟁과는 다르다. 알다시피 한참 들여다봐도 때 묻지 않은 깔끔한 전쟁 지도, 작고 반듯한 정육면체처럼 칼 같이 도열한 전투 대열, 수학적으로 정밀하게 계산된 협공 작전, 반드시 도착하는 구원 병력 같은 것은 존재하지 않는다. 전쟁은 그런 것이 아니다. 전쟁은 이미 폐기된 무기를 잘못 쏘아 늙은 여성을 죽이는 것이다. 전쟁은 괴저가 발생한 다리로 마구간에 앉아 있는 것이다. 전쟁은 헛간에서 뜨거운 물을 홀짝이며 아내 걱정을 하는 것이다. 전쟁은 산중에 길 잃어 겁에 질린 몇몇 낙오병이 기척이 느껴지는 덤불을 향해 총질하는 것이다. 전쟁은 할 일 없이 몇 날 며칠을 대기하는 것, 선이 끊긴 전화통에 소리를 지르는 것, 수면과 섹스와 목욕 없이 지내는 것이다. 전쟁은 지저분하고 무력하고 가당찮으며, 매우 우연에 기댄다.

_W. H. 오든, 「1939」

　겨울의 뉴욕은 마치 힌두교 성지 베나레스의 강변 화장터처럼 어디에서나 불꽃이 일어난다. 대형 선박이 드나드는 운하 북쪽 메마른 땅에서 비행기 조종사처럼 입은 아이들이 크리스마스트리를 태우고 있다. 깡통이 강둑 위에서 활활 타오른다. 할렘의 뒤뜰에서는 쓰레기 불이 환하다. 빈민가 철거중인 저멀리 남쪽에서는 낡은 선반에 큰불이 붙었다. 또다른 쓰레기 깡통과 크리스마스트리가 96번가에서 타고 있다. 83번가에는 오래된 고리버들 탁자가 불길에 휩싸였다. 50년대의 공터에서 아이들이 침대 매트리스를 태우고 있다. 국제연합 남쪽에 있는 식료품가게 뒤에 쌓여 있는 포장 상자에 큰불이 났다. 빈민가 뒤뜰과 배수

로로 크고 작은 불길이 번졌다. 생선가게 앞 나무상자에 모닥불이 피었다. 배터리 공원에서는 쓰레기가 가득한 철제 바구니가 아무렇게나 방치된 채, 다른 모든 불꽃이 땅거미가 진 겨울 어스름을 몰아내듯이, 어둠을 밝히고 있다.

_존 치버, 『일기Journals』

1943년 여름, 여덟 살이던 나는 부모님과 작은오빠와 함께 콜로라도 스프링스에 있는 피터슨 공군기지에 머물렀다. 8월이 다 지나갈 때까지 여름 내내 뜨거운 바람이 불었다. 캔자스주의 흙먼지가 죄다 콜로라도로 날아온 듯했고, 타르 종이를 씌운 막사와 가설 활주로 위를 지나 파이크스산에 부딪히고 나서야 바람은 멈췄다. 그런 여름에는 할 일이 마땅치 않았다. 어느 날 B-29 폭격기를 최초로 들여온 것은 기억에 남을 만한 일이었지만 여름방학 프로그램은 전혀 그렇지 않았다. 장교회관이 있었는데, 수영장은 없었다. 장교회관에서 가장 흥미를 끈 것은 바 뒤로 내리는 파란 인공 비였다. 나는 그 비에 정말로 관심이 있었지만 여름내 그것만 지켜볼 수는 없었고, 그래서 우리는, 작은오빠와 나는, 영화를 보러 다녔다.

우리는 일주일에 서너 번 오후에 영화관으로 쓰려고 어둡게 만든 반원형 막사로 가서 접이식 의자를 펴고 앉았다. 그리고 거기서, 밖에는 뜨거운 바람이 불던 1943년 여름에, 나는 존 웨인을 처음으로 만났다. 그 걸음걸이를 보았고, 목소리를 들었다. 「인 올드 오클라호마」라는 영화에서 그가 한 여자에게 "미루나무가 자라는 강가에" 집을 지어주겠다고 한 말을 들었다.

공교롭게도 나는 서부영화의 여자주인공 부류로 자라지 않았다. 알고 지낸 남자들은 여러 미덕을 갖췄으며 좋아하게 된 많은 곳에 데리고 갔지만, 누구도 존 웨인 같지 않았고 누구도 나를 미루나무가 자라는 강가에 데려다주지는 못했다. 인공 비가 영원히 쏟아지는 내 마음 깊은 한구석에서, 나는 그 대사를 듣기를 여전히 기다린다.

_존 디디온, 「존 웨인: 사랑의 노래John Wayne: A Love Song」,
『베들레헴을 향해 구부정하게 서다Slouching Towards Bethlehem』

나는 중서부에서 자랐고 말을 끔찍이 싫어한다. 내가 타본 말들은 멍청하고 미덥지 않았다. 어렸을 적 와이오밍주로 이사를 갔는데, 그곳 말들은 더했다. 추운 아침에는 셋 중 둘은 날뛰어 올라타지도 못한다. 내게 말은 트럭이 갈 수 없는 곳을 위한 형편없는 대용물일 뿐이다.

지금까지 말에 채이고 밟히고 물렸다. 물리는 게 나는 가장 싫었다. 내가 가장 믿었던 안장말은 끈을 매는 동안 몸을 구부려서 내 윗다리를 단단하게 지지해주었다. 그때는 녀석의 넓적다리가 마치 중앙아메리카의 저녁노을처럼 보인다. 녀석을 땅바닥에 누이고 발을 반 매듭으로 묶은 다음 방수포를 덮어주었다. 그리고 두 시간 뒤에 일으켜세웠다. 녀석은 나를 세상에서 가장 위대한 사람으로 여겼다. 물 생각은 하지도 않았을 것이다. 말은 마지막 일만 기억한다.

_톰 매구언, 「밧줄 던지기Roping, from A to B」,
『실낱같은 가능성An Outside Chance』

　오늘 아침, 자그마한 검은 개미떼의 습격. 어디선가 하나씩 나타나—바로 이게 개미의 매력이기도 하지!—내가 시를 쓰려고 앉았지만 그다지 건진 것은 없는 하얀 사각 탁자를 가로질러 일렬종대로 지나가는 개미. 단 세 행 혹은 네 행의 시가 내가 바라는 것, 짧고 간결하고 대단치 않은 그 무엇. 나는 그것이 콧구멍을 찌르는 매우 뜨거운 철사처럼 폐부를 찌르기를 바란다. 목성에서 떨어져 나온 돌덩이 같은 밀도로 자기만을 응시하는 작고 압축된……

　그러나 눈앞에 오는 것은 개미떼. 봄의 전령이라고나 할까. 하나씩 하나씩 눈부시게 하얀 탁자 위에 나타나면, 하나씩 하나씩 나는 날랜 오른손 검지로 탁자 표면에 짓이겨 죽이고는 옆에 있는 휴지통에 떨군다. 최면에 걸린 듯 무의미하고 공허한 반복. 나는 빛나는 3월 햇살 아래 이렇게 앉아서 얼마나 오랫동안 오른손 검지로 개미를 죽일 수 있을지, 개미와 내가 앞으로 얼마나 계속할 수 있을지 궁금해졌다.

　잠시 후 나는 이 짓을 오랜 시간 할 수 있음을 깨달았다. 시를 이미 완성했음을 또한 깨달았다.

_조이스 캐럴 오츠, 「자연에 맞서Against Nature」

　나는 세상사 흐름에 따르지 않도록 주의를 기울인다. 인간사는 그럴 때 무리 없이 영원으로 이어진다. 나는 피할 수 없는 운명의 굴레가 꺼림하다. 나는 이 푸른 땅을, 도시와 시골의 모습을, 이루 말할 수 없는 전원의 고독을, 거리의 달콤한 안온함을 사랑한다. 나라면 여기에 예배당을 짓겠다. 나와 친구들은 이제 더이상 젊지 않고, 풍족하지 않고, 잘생기지 않았지만, 지금의 내 나이에 기꺼이 머물고 싶다. 세월에 굴복하고 싶지 않다. 흔히 말하는 것처럼, 다 익은 과일이 나무에서 떨어지듯 죽음에 이르고 싶지 않다. 내가 밟고 있는 이 땅 위 의식주의 어떤 변화도 나를 당황스럽고 불안하게 만든다. 우리집 수호신들은 한 발을 단단하게 고정시켜놓아서 웬만해서는 움직이지 않는다. 신화 속 라비니움 해변을 찾아갈 생각도 없다. 새로운 몸 상태가 나를 아연실색게 한다.

　태양과 하늘, 산들바람, 고독한 걸음들과 여름의 휴일들, 푸르른 들판, 고기와 생선의 맛있는 육즙, 그리고 사회, 즐거운 한잔과 촛불, 난롯가의 환담, 무구한 허영심과 농담, 그리고 아이러니,

바로 그것. 삶은 이런 것들과 함께하는 것이 아닐까?

_찰스 램, 「새해 전야New Year's Eve」, 1821

각 문장을 전체에서 분리시켜서 그 자체로 들여다보세요.
(여러분이 만든 문장들을 들여다보는 방법과 다를 수가 없습니다.)

평상시에 무언가를 말하는 방식에 주의를 기울여보세요.
그 방식을 떠올리며 문장들에 질문을 던져보세요.

———————

어딘가 이상한가요?
예상치 못한 구절이 있나요?
발음이 튀는 리듬이 느껴지나요?
별나게 소리 나는 단어는요?
문장들이 구조적으로 얼마나 다양한지 보세요. 똑같은 문장
은 하나도 없습니다.
똑같은 경우라도 얼마나 다르게 느껴지는지 주목해보세요.
(오든의 글을 참고하세요.)

얼마나 가까이에 혹은 멀리 문장들이 접해 있나요?

드러나지 않아 알아보기 어려운 문장 간의 차이가 느껴지나요?

앞 문장을 설명하거나 완성하는 문장이 있나요?

다른 문장과 리듬을 형성하는 문장은요?

독자를 엉뚱한 곳으로 이끌거나 바람 잡는 문장이 보이나요?

다른 문장보다 독자가 주목하거나 관심을 돌리게 만드는 문장이 있나요?

왜 그런지 스스로에게 질문을 던져보세요.

저자는 왜 이 단어를 선택했고, 그 문장을 저런 방식으로 썼을까요?

답은 하나만이 아닙니다.

여러 가능성을 찾아보세요.

아래 몇 가지 예시가 있습니다.

왜 존 맥피는 '시원해'라는 평범한 말을 놔두고

'청량해'라는 단어를 썼을까요?

'내가 머물던 사원'이 아니라 '그 사원'이라고 했을까요?

마치 다큐멘터리라도 쓰듯 '며칠 전'이라고 하고,

'해수면에서'가 아니라 '해발'이라고 했을까요?

괄호 안의 '함께'라는 단어에 주목해보세요.

그 단어가 어떻게 우리를 안내해주는지, 어떻게 맥피의 시선을 잡아주는지 느껴지나요?

––––––––––

A. J. 리블링의 글에서 동사(와 문장 구조)를 살펴보세요.

대부분 "~이다" "~한다" "~이었다"처럼 꽤 단순합니다.

이 글의 생명력은 과연 어디서 오는 것일까요?

반복을 먼저 꼽을 수 있습니다. 또하나는 오든의 글과는 매우 다른 특성입니다.

'필요 없다'라는 동사에서 얻을 수 있는 경제성을 생각해보세요.

끝에서 두번째 문장에는 꽃병이 생략되어 있지요.

꽃병을 말하지 않고 말하기 위해 문장이 얼마나 다각도에서 쓰였는지 확인해보세요.

––––––––––

레베카 웨스트의 글은 아주 천천히 읽으세요.

필요하다면 펜이나 연필로 구두점은 없지만 호흡이 나뉘는 구절을 표시해보세요.

그리고 나서 큰 소리로 다시 읽어보세요.

이 글은 명사를 분류해보면 좋을 거예요.

단문들로 잘게 쪼개보는 것도 유용할 것입니다. "썰물이 졌다"처럼 짧을수록 좋습니다. 그런 다음 저자가 어떻게 단문들을 조화롭고 리듬감 있게 합치는지 음미해보세요.

개별 한정어, 더 중요하게는 한정어구를 찾아보세요.

그것들이 확장하는 방식 그리고 웨스트가 문장을 구성하는 방식에 주목해보세요.

———

가이 대븐포트의 글에서는, 호흡이 굉장히 긴 한 문장을 이루는 여러 내용을 구분해서 본래 문장으로 되돌려봅시다.

몇 년간 고모와 버지 고모부는 토코아 폭포, 조지아, 사우스캐롤라이나주 앤트레빌 같은 곳을 방문했다. 차를 몰 때는 시속 30마일을 넘지 않았다.

이제 뒤에 남은 단어들을 살펴보세요.

대븐포트의 문장은 본래의 문장들에 종속된 것이 아니라 동등한 위치에서 길게 늘여 쓴 문장입니다. 어찌된 일일까요?

왜 대븐포트는 이런 문장을 썼을까요?

———

"앞마당에 도랑을 파는데, 만약 흙 2톤을 오후 내내 다른 곳으로 옮기고 나면 차 한 잔 마실 만큼은 일했다고 느낄 것이다"라는 조지 오웰의 문장과 만약 앞마당에 도랑을 파느라 오후 내내 흙 2톤을 다른 곳으로 옮기고 나면, 차 한 잔 마실 만큼은 일했다고 느낄 것이다라는 문장은 무엇이 다른가요?

위 두 문장의 단어들은 투박하고 평이합니다.

그러나 저자가 작업량 계산에서부터 일종의 자기헌신 같은 뿌듯함에 이르기까지, 얼마나 착실히 문장을 쌓아올리며 참을성을 발휘했는지 알아채보세요.

문장들이 인과관계의 사슬에 묶이지 않고 홀로 선 채로 나란히 함께한다는 점이 보이나요?

논리적인 장치를 통해 문장들을 묶어주려는 유혹이 얼마나 강했을지 상상이 가나요?

———

W. H. 오든의 이 글은 BBC의 라디오 방송 낭독용으로 쓰인 것입니다.

관객과의 친밀하고 일상적인 만남을 암시하는 "음, 적어도"와 "알다시피" 외에는, 묵독에도 적합합니다. "전쟁은…"으로 시작하는 문장들이 반복되는 것으로 보이지만 리듬감과 문장 구조

측면에서 실은 그렇지 않다는 사실을 알아두어야 합니다.

아울러 오든이 무엇을 자제하고 있는지 잘 들어보세요.

예를 들어, "전쟁은…"으로 시작하는 문장들에서 분위기를 고조하려는 유혹을 참아냅니다.

또, 문장들이 필요 이상으로 닮은꼴이 되도록 놔두지 않습니다.

모든 것을 자신이 원하는 대로 썼지만, 과하게 느껴지지 않습니다.

글 자체의 형식을 견고하게 구축하려 하지 않고 독자의 귀에 어떻게 들릴지에 더욱 신경을 쓰고 있습니다.

————

존 치버의 『일기』에 실린 글은 일기가 맞나요?

하루 일과를 끄적거린 글, 인생과 생활을 남긴 메모, 감정과 사건을 적어놓은 사적인 기록과 같이 우리가 흔히 알고 있는 종류의 일기는 분명 아닙니다.

생각 속에서 피워올린 이 모든 불, 그리고 작문의 유희가 펼쳐지고 있지요. 타고 있는 물체를 묘사하는 방법이 얼마나 다양하게 표현되어 있나요?

이 글은 찰나에 존재하는 문장의 가능성을 증명해 보인다는 목적밖에 없습니다.

그러나 우리는 문장이 의도하지 않은 장면들을 봅니다. 크고 작은 불이 이곳저곳에서 타오르는 도시, 아이들이 본능에 이끌려 불꽃 주위로 몰려드는 도시의 모습이 그려집니다.

비행기 조종사처럼 차려입은 아이들이 끈질기게 불을 따라다니지요.

마지막 문장의 리듬에 주목하세요. 어떻게 익숙하고 규칙적인 박자로 자리잡으려 하는지, 어떻게 치버가 그렇게 내버려두지 않는지를.

———

그리고 리듬이 무엇인지 잊어버릴 경우, 존 디디온의 "미루나무가 자라는 강가에"를 기억하세요.

그리고 상반되는 리듬, 즉 더 갑작스럽고 덜 선회하는 구절을 찾아보세요.

그런 짧은 파동은 어디에서 오는 걸까요?

디디온의 이 글은 리듬이 얼마나 간결할 수 있는지, 그리고 얼마나 폭넓을 수 있는지를 기억하는 데 도움이 될 것입니다.

첫 단락은 감정이 배제되어 있고 대체로 평이한데, 뜨거운 바람과 흙먼지가 등장하는 부분은 예외입니다. 리듬이 확장된 것이지요.

그리고 맨 끝에서, "그래서 우리는, 작은오빠와 나는, 영화를 보러 다녔다"는 단락을 마무리하고 새 단락을 여는 간결한 리듬의 파동을 만들어냈습니다.

마지막 문장에서 "영원히"라는 단어를 삭제해보세요.

그 상태에서 문장을 처음 읽으면, 왠지 더듬거리는 느낌을 받을 것입니다.

"영원히"를 없앤 채로 읽을 때 문장을 여는 리듬감이 느껴지나요?

이제 "영원히"를 다시 넣어보세요.

이 과정은 여러분이 문장을 만들 때 실행해야 할 테스트입니다.

———

톰 매구언의 글에서는 "물리는 게 나는 가장 싫었다"라는 문장에 대해 생각해볼까요.

'옳은' 문장은 나는 물리는 게 가장 싫었다일 테지요.

그러나 "지금까지 말에 채이고 밟히고 물렸다. 물리는 게 나는 가장 싫었다"라는 문장 속 공백에서 우리는 그의 글이 지닌 압축, 간결함이 돋보인다는 점을 알 수 있습니다.

또, 그렇게 물어뜯긴 문장이 저자의 성격에 대한 독자의 감각을 강화한다는 점도 볼 수 있지요.

———

이 책 맨 앞의 제사는 조이스 캐럴 오츠의 이 에세이에서 가져왔습니다.

맨 앞 단락을 마무리하는 생략부호는 저자를 잘 드러냅니다.

여기에서는 여러분이 직접 질문을 던지고 무엇을 실험해볼지 찾아보도록 합니다.

———

지금까지 우리는 여러분의 글 안에서 발화의 통일성을 생성하는 법을 배웠습니다.

하나의 목소리, 하나의 어조와 같이 독자에게 굉장히 제한적으로 여러분을 노출한 것이지요.

찰스 램은 이러한 규칙을 근사하게 깨버립니다.

이 에세이에서 저자는 어딘가 반짝이는 다양한 방법으로 스스로를 표현합니다. 각 감정이 각기 다른 램을 포착하고 있지요.

"라비니움"이 무엇인지 몰라도 괜찮습니다.

다만 "꺼림하다reluct"라는 동사를 사용한 저자의 어휘력을 기억하세요. 우리가 흔히 쓰는 "꺼림칙하다"의 어근이 되는 단어입니다.

아울러, 위에서 살펴본 저자 가운데 독자에게 다양한 매력으로 자신을 드러내는 데에 램이 가장 윗길인 것처럼, 램의 글은 가장 리듬감이 넘치며 문장 구조도 다양합니다.

"나는 이 푸른 땅을 (…) 사랑한다"라는 문장이 쉽게 나온 것이 아니라는 사실을 여러분도 이제 깨달았을 것입니다.

앞으로 다룰 문장들과 제 논평을 읽으면서, "저자가 말하고자 하는 건 이거군" "무슨 말을 하려는 건지 알겠어"라며 저자 편에 서고 싶은 유혹을 느낄 것입니다. 그러나 그건 단어들이 실제로 무슨 말을 하는지 관찰하기보다 문장의 의미를 짐작하려는 습관 때문입니다. 우리가 받아온 훈련은 의미를 찾는 독서였습니다. 우리가 생각한 것이 저자의 의도와 부합하는지 검토하는 데 중점을 두다보니 글 자체가 갖는 중요성을 무시해버리고 만 것입니다.

"저자가 그렇게 읽기를 바라지 않을까요?"라고 항변하고 싶을지도 모르겠습니다. 그러나 여러분은 문맥 속에서만 의도를 판단할 수 있습니다. 만약 모든 문장이 분명하고 선명하다면, 살짝 결이 다른 문장은 어쩌면(!) 어떤 의도를 가졌다고 볼 수 있을 것입니다. 그럴 만한 이유가 있다면 말이지요. 그러나 다수의 문장이 불분명하고 모호하고 부실하다면, 의도가 있다고 상정하지 않아야 합니다. 의도를 포기하지 못한다 하더라도, 숨어 있다고 여겨야 합니다. 저자에게 통제력이 없다고 가정해야 합니다.

다음은 글을 정말 잘 쓰게 된 대학생들이 실습한 문장들입니다. 언제 어디서든, 어느 매체를 통해서든 여러분이 마주칠 문장과 다를 바 없는 문장들입니다.

———

그녀는 그의 억양이나 신사다운 품행을 그에게 맡기지 않았다.She didn't trust him with his accent or his gentle demeanor.

▶▶▶ 이 문장은 그녀는 그를 신뢰하지 않았다She didn't trust him 또는 그녀는 그의 억양이나 신사다운 품행을 신뢰하지 않았다She didn't trust his accent or his gentle demeanor가 되어야 합니다. "trust him with(그에게 맡기다)"라는 표현은 그녀는 새로 장만한 자동차를 그에게 맡기고 싶지 않았다She didn't want to trust him with her new car에서처럼 명확한 의미가 있는 영어의 관용어구입니다. 위 관용어구는 이 문장과 어울리지 않음에도 불구하고 삽입되어 있습니다.

난 당신의 몸이 무너져내리는 것 같은 느낌이 정말 싫어.

▶▶▶ 화자에서 상대방으로 넘어가는 서술을 보세요. 저자가 여러분을 정말 싫어하지 않는 이상 이런 이행은 효과가 없습니다. 상대방에게 스포트라이트를 비추어줘야 합니다. 그러지 않으면 문장이 이상해지기 십상이에요.

───────

에리카는 내 옆에 있던 의자에 앉으려 하면서 머뭇거리며 휘청거렸다.

▶▶▶ 머뭇거리며uncertainly 휘청거릴 수가 있을까요? "머뭇거리며"는 "휘청거렸다"와 "앉으려 하면서"가 이미 암시하고 있습니다. 종종 부사 때문에 생기는 불필요한 중복의 한 예입니다.

───────

우리 시대가 낳은 질병, 암, 바이러스 그리고 다른 모든 퇴락의 난장판은 인상적이며 경계해야 한다.

▶▶▶ '경계해야 하는 난장판'이라는 작동하지 않는 은유가 몇 가지 문제를 안고 있습니다. 문장 끝에 등장하는 형용사는 반드시 주어를 한정하는 용법으로 사용해야 합니다. 문장을 다 쓸 즈음 저자가 완전히 길을 잃었네요.

———

열한 살이 되자 의심과 의문, 회의론의 환경이 혼란스러운 낙담의 어찌할 수 없는 뒤얽힘 안에 귀결되었다.

▶▶▶ 무엇이 문제일까요? 단어가 부적절합니다. "환경"과 "귀결되었다"가 그렇지요. 여기에서 "환경"은 "혼합"이나 "조합"을 뜻합니다. "~안에 귀결되었다"라는 표현은 없습니다. "~으로 귀결되었다"가 맞습니다. 열한 살이 되자 내가 품었던 의심, 의문, 회의론은 혼란스러운 낙담으로 바뀌었다로 썼다면 좀 봐줄 만할 테지요. "뒤얽힘"이 갖는 은유적 감정에 주목하세요. "혼란스러운 낙담"이 허용하는 것보다 더욱 문자적인 의미를 살려야 하고, 복수형이어야 합니다. 뒤얽힌 감정들은 좋습니다. 뒤얽힌 혼란은 안 돼요.

———

검게 물들인 그녀의 머리칼이 단정하게 벌컥거린다quaffed.

▶▶▶ 그녀의 머리칼이 술을 잘 마신다는 의미라면 재기 발랄한 문장입니다. 이런 경우에는 머리가 "찰랑거린다coiffed"고 하지요. 사전을 찾아보면 해결할 수 있는 문제입니다.

———

때묻은 눈 껍질이 여전히 건물 북쪽 벽을 따라 쪼그려 앉아 있다.

▶▶▶ "때묻은 눈 껍질"은 좋습니다. 하지만 "쪼그려 앉아 있다"의 역할을 보세요. 이미 은유적인 표현인 "껍질"에 움직임을 주고 있습니다. 일상적으로, 껍질이 쪼그려 앉아 있지는 않지요.

———

이곳은 아침은 외로움 속에, 저녁은 안도감 속에 있는 방입니다.This is a room where mornings are had in loneliness, and evenings are had in relief.

▶▶▶ 시도는 좋았으나 "있는are had"이라는 매우 부실한 동사가 오점을 남겼습니다. "to be had(사기당하다)"는 "우리는 사기를 당했다We were had"처럼 매우 다른 의미가 있으므로 약간의 혼동이 발생합니다. 그렇다면 어째서 부실한 동사를 썼을까요? 아

침과 저녁을 돋보이게 병치시키기 위해서지요. 그러나 병치 구조가 아니면 문장에서 힘이 빠질까요? 그렇지 않습니다. 문장 구조에 변화를 주면 됩니다.

———

다음 언덕까지의 재빠른 거리 측정을 위해 지평선을 간혹 흘끔거림과 함께 그의 시선은 대지에 고정되어 있었다.

▶▶▶ 그는 대지를 응시했다. 이따금 지평선을 흘끔거렸다. "고정되어 있었다"가 모든 것을 얼마나 뒤죽박죽으로 만드는지 주목하세요. 이 문장에는 동사가 더 필요합니다. 동사를 딱 하나만 쓸 이유가 있을까요? 그것도 결함이 있는 동사를 말입니다. "간혹 흘끔거림과 함께"와 "재빠른 거리 측정을 위해"가 동사의 빈자리를 메우려고 얼마나 애쓰는지 보세요. 하지만 결국 실패하고 맙니다. "흘끔거리다to glance"와 "측정하다to inspect"가 명사형으로 바뀌면서 힘을 잃어버린 격이지요. "시선"이 이 모든 난관의 원흉임을 주시하세요. 여기서도 동사가 명사로, 움직임을 담을 수 없는 명사로 바뀌었습니다. 주어 자리에 "그의 시선"보다 "그"가 오는 편이 더 나은 동사 선택지를 제공합니다.

———

무거운 부츠가 다리를 끌어내리는 동안 구명조끼가 겨드랑이를 파고들었다.

▶▶▶ "~하는 동안"은 거의 매번 말썽을 일으킵니다. 여기서 문제는 무엇일까요? 사건이 동시에 일어난다는 것을 부각하려는 것일까요? "그리고"가 오히려 손색이 없고 더 간결합니다. 이 문장에서 부츠는 어느 누구의 것일 수도 있다는 사실에 주의를 기울이세요. 그리고 다리가 저자의 다른 신체 부위에서 떨어져 나와 내려가고 있다는 점도 눈여겨봐야 합니다.

―――――

가끔씩 에타 제임스가 부엌에서 노래하는 소리, 마루 널판을 가로지르는 개울과 다락방 천장에서 흐느끼는 소리가 희미하게 들려오곤 했다.

▶▶▶ 에타 제임스는 다락방 천장에서 흐느끼다가 어찌된 영문인지 집안을 관통해 흐르는 시내가 되기도 하나 봅니다. 카오스가 따로 없습니다. "가끔씩" 대신 "때때로"를 넣어보세요. "개울 creek"은 "삐걱거리는 소리creak"가 아닙니다. 다락방 위를 덮는 천장인 다락방 천장이 아니라, 다락방 아래 있는 방의 위가 아니라, 그냥 다락방에서 소리가 들려오는 것이겠지요. 집안에서 들

리는 소리를 표현하려 했지만 완전히 엇나가고 말았습니다. 왜 그럴까요? "희미하게 들려오곤 했다"라는 하나의 동사구가 "삐걱거리는 소리"와 "흐느끼는 소리"를 지배하려 했기 때문입니다. 왜 그러려고 했을까요? 문장이 애초에 수동적이기 때문입니다. 에타 제임스가 부엌에서 노래하는 소리가 희미하게 들린다. 또, 마루 널판이 삐걱거리는 소리와 다락방이 흐느끼는 소리가 들린다. 좀더 수정해서 지각 동사를 없애보면 어떨까요? 때때로 에타 제임스는 부엌에서 희미하게 노래를 부른다. 마루 널판은 삐걱거리고, 천장은 흐느낀다.

「뜨거운 것이 좋아」에서 길을 건너는 여장 남자들이 여성 재즈 밴드에 숨어들어간 것과 매우 흡사한 방식으로 나는 이 엄청나게 여성스러운 세계에 들어가게 되었다.

▶▶▶ 오자 하나로 인해 마치 저자가 길을 건너면서 여장을 한 남자들에 대한 이야기를 하는 것처럼 되었습니다. 무엇이 문제일까요? 「뜨거운 것이 좋아」에 등장하는 남자들(그 역할을 맡은 배우들도)에게는 이름이 있지만 이 문장을 쓴 저자는 모르거나 안다 해도 거명하지 않습니다. 저자는 독자들이 이 영화에 대해 가지고 있는 배경지식에 의존해도 될지 확신이 서지 않습니다.

만약 확신했다면 "여장 남자들이 여성 재즈 밴드에 숨어들어간 것"이라는 말을 군이 덧붙일 필요가 없었겠지요. 또한, "매우 흡사한 방식으로"보다는 글자 수가 적은 "매우 흡사하게"가 더 낫습니다. 아예 배우 이름을 집어넣어 "토니 커티스와 잭 레먼과 매우 흡사하게"라고 하는 것이 훨씬 낫지요.

———————

맨 마지막 줄에서, 나는 어머니와 아버지 사이에 앉았고, 후자는 석 달 뒤에 돌아가실 운명이었다.In the last row, I sat between my mother and father, the latter of whom was to die three months later.

▶▶▶ 문맥에 비추어 판단해야 하긴 하지만, "맨 마지막 줄에서"가 제자리를 찾지 못하고 있습니다. [영어에서는] "후자는"이 필요 이상으로 규범적이고 과도하게 격식을 차린 표현이라는 점을 유념하기 바랍니다. 나는 어머니와 아버지 사이에 앉았는데, 그는 석 달 뒤에 돌아가실 운명이었다I sat between my mother and father, who was to die three months later라고 쓰면 훨씬 깔끔하지요. "후자는"이 없이도 누가 돌아가실지 아는 데 지장이 없다는 사실을 알아두세요. "후자는"과 미래형 과거시제 동사("was to die[돌아가실]") 때문에 이 문장에 실리는 감정이 새어나가 버립니다. 아울러, "돌아가실"에서는 묘한 의도의 수가 읽힙니다. 나는 어머니와 아버

지 사이에 앉았는데, 석 달 뒤에 돌아가셨다I sat between my mother and father, who died three months later라고 쓰면 안 될까요? 두 분 모두 돌아가시는 것으로 해석될 소지가 있어 모호합니다. 그런 모호함은 간단하게 피할 수 있습니다. 나는 어머니와 아버지 사이에 앉았는데, 아버지는 석 달 뒤에 돌아가셨다I sat between my mother and my father, who died three months later.

———————

1년 내내 그 포동포동한 비둘기들이 그녀의 집 남향 지붕 위에 앉곤 했다.

▸▸▸ 이 문장은 호리호리한 비둘기들은 다른 곳에 앉는다는 점을 암시합니다. "그 포동포동한 비둘기들이"에서 "그"를 지우고, "앉곤 했다"를 "앉았다"로 바꿔 쓰는 것이 좋습니다. 앉을 곳을 찾는 비둘기들의 습관적인 본성—"앉곤 했다"가 가리키게 마련인—은 "1년 내내"가 이미 확실히 보여주고 있습니다.

———————

내가 어려서부터 월리스가 곁에 있었다.Since I was little, Wallace has been around.

▶▶▶ 이 문장은 월리스가 곁에 있었다. 내가 어려서부터Wallace has been around since I was little와 어떻게 다른가요? 원래 문장에서 "since"는 "왜냐하면"을 의미할 수도 있기 때문에 모호합니다. 바꾼 문장에서는 "~부터"만을 의미하지요.

───────

그는 두툼한 금반지 세 개와 세련된 정장구두로 인해 머리끝에서 발끝까지 빛이 났다.

▶▶▶ 아마도 그는 머리끝에 두툼한 금반지를 끼고 발끝에 세련된 정장구두를 신었을지도 모릅니다. 전 그렇게 생각하지 않지만요. 클리셰의 배신. "~로 인해"가 동사가 할 일을 하고 있네요.

───────

나이든 야영객 다수가 여전히 나를 믿을 만한 사람으로 본다.

▶▶▶ 문장 구조의 함정. 첫머리를 읽으면서 "나이든 야영객 다수가 여전히 나를 어린애로 본다"라는 문장을 떠올리게 됩니다. "여전히 나를 믿을 만한 사람으로 여긴다"라고 하는 것이 좋습니다. 그런데 나이든 야영객 다수가 여전히 나를 믿는다라고 압축하면 어떨까요?

저기 사는 노인이 한 명 있다.

▶▶▶ 이 문장은 어떻게 교정을 피할 수 있었을까요? 눈에 띄지 않았기 때문입니다. 한 노인이 저기 산다.

———

전쟁이 막바지에 이르렀음을 감지하자 수용소의 독일인들은 신생아 살상을 능동적으로 중단했다stopped actively murdering.

▶▶▶ 이 문장은 불행하게도 "수동적인 살상passively murdering" 이 가능하다고 암시합니다.

———

모든 사람이 일종의 안 맞는 재킷을 입고 있다.

▶▶▶ 물론 안 맞는 재킷이겠지요. 그런데 모두가 그 재킷을 입고 있습니다. 사람은 여럿인데 재킷은 한 벌뿐이네요.

———

외가 쪽 가족사진이랄 것이 별로 없다.

▶▶▶ "~이랄 것이"의 역할을 보세요. 마치 별로 없는 가족사진이 아예 사라질 것이라는 듯 말하고 있습니다. "~이랄 것이" 대신 "~이"를 쓰면 훨씬 자연스러워집니다.

———————

다이앤의 죽음은 모두 결국에는 죽음을 맞이하리라는 자각을 통해 가족을 충격에 빠뜨렸음이 틀림없다.

▶▶▶ "결국에는 죽음을 맞이하리라는 자각을 통해"가 아니라 "죽음을 맞이하리라 자각함으로써"가 더 낫습니다. 명사구를 동사형으로 바꾸세요.

———————

일반적으로 이 연령대의 아이들은 사회적 관계를 맺는 기술을 발달시키는데, 이때 아이들은 다른 사람과의 관계 속에서 자신의 역할에 대해 의식하기 시작한다.

▶▶▶ "이때"는 그다지 쓸모가 없습니다. 중복되는 부분을 깨뜨리는 것이 방법입니다. 일반적으로 이 연령대의 아이들은 다른 사람

과의 관계에서 자신의 역할을 의식하기 시작한다.

――――

　미국 서북부 구석에 사는 사람들은 돼지고기를 가공한 식품을 그다지 좋아하지 않는다. 그러나 그들도 여느 미국인처럼 '포크배럴pork barrel(돼지고기 담는 통. 선심성 공약이나 사업을 말한다―옮긴이) 입법'으로 알려진 과도한 정치적 후원의 혜택을 받기를 열렬히 원한다.

　▶▶▶ 이 문장은 유머를 노리고 짐짓 과장되게 표현했습니다. 워싱턴이나 오리건 사람들이 정말 베이컨을 좋아하지 않을까요? 두 번째 문장에서 돼지는 은유적입니다. 이 문장은 오늘날 학교에서 가르치는 글의 요소로 빼곡합니다. 완곡하고, 논리적이려고 하지만 비논리적이고, 은유는 어색하며, 저자는 잔해 밑에 깔려 보이지 않습니다.

――――

　나는 2학년 가을에 프랑스에서 해외 유학했다.

　▶▶▶ "해외 유학"은 붙어 있으려고 하는 두 단어이지요. 나는 2학년 가을에 프랑스에서 유학했다. 이 문장을 프랑스어로 쓴다면 해

외 느낌이 물씬 나겠지요.

─────────

전형적인 시애틀의 딸은 아니지만, 나는 시애틀 매리너스를 좋아한다. 세이프코필드에 함께 간 응원 초짜 친구가 고막을 보호하기 위해 달아날 만큼 열정적으로 좋아한다.

▶▶▶ 두번째 문장은 이렇게 고쳐써볼 수 있습니다. 내가 너무 크게 소리를 지른 나머지 친구 귀가 다쳤다. 단어들의 행렬이 짧아져도 달라지는 것은 없습니다.

─────────

물에 뛰어들자 예의 충격이 복부를 강타하지만, 나는 그 충격을 온몸으로 받아들이고, 대략 다이빙한 시간 동안 견딘다.

▶▶▶ 이 문장에서 어떻게 시간이 뒤로 흐르다가 멈췄는지 살펴보세요. 먼저, 다이버가 수면의 충격을 느낍니다. 그리고 심지어 물로 뛰어드는 도중에 충격을 온몸으로 받아들입니다. 수면에 닿기 전에 말이지요.

─────────

럭비 시합하듯 두 가족이 정렬한다. 신부가 럭비공을 대신해 결혼예복을 차려입은 두 가족 사이에 선다.

▶▶▶ 은유가 작동하자마자 완벽히 실패하고 말았습니다. 럭비 공 같은 신부라니, 너무나 유감스럽군요.

———

폼페이에 어떤 유령이 남겨졌든지 간에 뒤틀린 붕대 깁스와 휴일을 맞은 영국인 가족들을 뒤로한 채 오랫동안 사라졌었다.

▶▶▶ 착상은 좋습니다만, "뒤로한 채"는 "유령"을 수식해야 합니다. 그래야 마치 유령이 휴일을 맞은 영국인 가족들과 함께 도시를 어지럽혔다는 뉘앙스를 살릴 수 있습니다.

———

한쪽 다리를 절뚝거리기 때문에 전쟁이 끝날 때까지 군복무 면제받았는데 사격장에서 그가 총을 잘 쏘는 모습이 발견되었으며 그와 같은 사람이 전방에서 유용할지 모른다는 말을 듣게 되었다.

▶▶▶ 자동 수정: 두 문장, 혹은 세 문장으로 쪼개는 것이 좋겠

습니다. 면제받은 대상과 다리를 절뚝거리는 대상이 누구인지 분명하지 않습니다. "발견되었으며"와 "말을 듣게 되었다"와 같은 수동태가 이 문장을 장악하고 있습니다. 수동형의 문장은 즉각적인 해체와 복원에 최적화되어 있습니다. 즉, 견고하지 못합니다. "군복무" "전쟁이 끝날 때까지" "그와 같은 사람"을 비롯해 이 문장의 모든 것이 선명하지 않고 흐릿합니다.

———

두 발을 차례로 무릎까지 당겨 올려 두 다리의 물기를 닦는다.

▸▸▸ 다리를 망원경처럼 늘였다가 줄일 수 있는 곡예사의 글이로군요. 그렇게 들려요.

———

당신 앞에 푸른 초원이 색색의 꽃이 흩뿌려진 채 펼쳐진다.

▸▸▸ 이 문장은 표현과 묘사에 주력하고 있습니다. 그런데 "흩뿌려진 채"라니요? "색색의 꽃"이라는 표현은 초원의 그 모든 야생화의 이름을 감추고 있습니다. 그 이름들을 찾아보고 제시해야지요. 이 문장은 푸른 초원이 있다는 문장을 피하려 안간힘을 쓰고 있습니다. 그럴 이유가 있을까요? 평범한 문장 구조를

특이하게 바꾸려 했지만, 성공적이진 않습니다.

───────

　카메라와 함께 간 다른 관광객이 있음에도 불구하고, 여행 내내 우리는 진정한 파리 사람처럼 행동하려 했다. 우리의 치기를 참아주는 사람에게 엉터리 문장으로 주문하고 어색한 대화를 시도했다.

　▸▸▸ 두번째 문장이 진정한 파리 사람의 면모를 암시적으로 알려줍니다. 우리가 예상한 바와는 다르네요.

───────

　절반쯤 지나자, 나는 최고의 공포에 직면해서 타이핑하려는 특정 기호를 적용하지 못했다.

　▸▸▸ 왜 과장법을 쓸까요? 최고의 공포를 버텨보세요. 진짜 공포를 대비하려면 그런 과정이 필요합니다. "타이핑하려는 특정 기호를 적용하지 못했다"고요? 제 생각에는 저자가 사용하려는 기호를 불러오는 방법을 몰랐던 것 같네요. 작가들은 종종 과장함으로써 유머러스한 분위기를 만들려고 하는데, 절대 성공한 적은 없습니다.

네가 서 있는 곳에서 보이는 범위 내에 형편없는 식당이 적어도 여덟 군데가 있다.

▸▸▸ "네가 서 있는 곳에서"는 불필요합니다. "네가 서 있는 곳에서 보이는 범위 내에"는 그저 간단히 "근처에"로 바꿀 수 있습니다.

단단한 땅 위를 걷는 사람은 강풍에 모자를 날려버릴지도 모르지만, 조울증에 걸린 사람은 계절별로 다른 곡예용 줄 위에 서 있는 셈이다.

▸▸▸ "~지만"이 감당하기에는 벅찬 임무를 맡고 있습니다. 이 두 절이 상호작용하게 만들어야 합니다. 첫번째 절이 문법적으로 그럴듯한 반면 두번째 절이 은유적으로 아리송하다면, 어떤 내용으로 대조가 이루어지고 있는지 알 길이 없습니다. "계절별로 다른 곡예용 줄"이라고요?

간헐적인 자동차가 여러 대 우리 앞을 쏜살같이 지나간다.

▶▶▶ "간헐적인occasional"이 "자동차"를 수식하고 있습니다. 문제는 이것입니다. 자동차가 어떻게 간헐적일 수가 있습니까? 형용사가 아니라 부사를 써야 합니다. "간헐적인"은 "무작위의" "전형적인" 심지어는 "진부한"과 함께 종종, 어쩌면 간헐적으로 거의 무의미하게 활용됩니다. 시간이나 빈도를 차량의 속성으로 만들지 마세요. 시간과 빈도가 어디에 속하지 않고 홀로 서게끔 하세요. 자동차 여러 대가 가끔 우리 앞을 쏜살같이 지나간다.

———

가파른 협곡 안쪽으로 사암으로 된 원형경기장이 100피트 벼랑에서 흘러내린 폭포의 물줄기와 함께 형성되어 있다.

▶▶▶ 무엇이 문제일까요? 접속사와 관계대명사 역할을 하려고 하는 "~와 함께"가 문제입니다. 하지만 "~와 함께"는 전치사이죠. 100피트 벼랑에서 "흘러내린" 폭포의 물줄기가 그리는 움직임도 모호하기는 마찬가지입니다.

———

보석처럼 잔뜩 꾸민 채 유리 진열장 안에 전시되는 참치를 일본인들은 애지중지한다.

▶▶▶ 참치가 앞으로 오면 문장이 어색하지 않을 것입니다. 참치를 일본인들은 애지중지하는데, 보석처럼 잔뜩 꾸민 채 유리 진열장 안에 전시될 정도다.

―――――

고귀한 산의 무리가 계곡을 감싸고 있다. 소나무, 가문비나무, 사시나무로 빽빽한 산들은 온화한 몇 개월간 다채롭게 생기가 넘친다.

▶▶▶ "고귀한" "빽빽한" "다채롭게 생기가 넘친다" 같은 말들에서 공허함이 느껴지지 않나요? "무리"라는 단어에 그 공허함이 요약되어 있지요. 산줄기가 계곡을 감싸고 있다.

―――――

아버지와 나는 둘 다 모두 "물건"을 싫어한다는 점에서 비슷하다.

▶▶▶ "모두 (…) 점에서 비슷하다"는 "둘 다"와 같은 뜻입니다. 아버지와 나는 둘 다 "물건"을 싫어한다. 여기에서 "둘 다"가 없어

도 문장이 성립한다는 사실을 알아두세요.

———

한쪽 팔을 왼다리 위에 올려놓은 채 그는 어깨를 구부렸고, 몸을 가로질러 안전띠를 향해 손을 뻗기 전에 조수석으로 미끄러져 들어갔다.

▶▶▶ 이 행동이 눈앞에 그려지나요? 아닐 것입니다. 우리는 뇌와 함께 신체를 사용해 글을 읽기 때문에 신체 행동을 묘사하려면 굉장히 주의를 기울여야 합니다.

———

나와 가까운 사람들과는 두 번 생각하지 않고 예고 없이 한 입 먹고 보지만, 반면 모르는 사람과는 내가 포크를 들이밀어서 그 미약한 관계를 손상시킬까 두렵다.

▶▶▶ 이 문장의 저자는 중심을 못 잡고 있습니다. 친구가 먹던 것을 한 입 빼앗아 먹는 것은 걱정하지 않는다. 하지만 모르는 사람과 같은 상황이라면 걱정이 된다. 첫번째 문장에서 보이지는 않지만 실재한 포크가 두번째 문장에서는 은유적인 표현으로 돌변했듯이, "반면" "예고 없이" "미약한 관계" 모두 문제가 있습니다.

우리는 군인에 대해 신화적인 견해를 가지고 있다. 우리는 이데올로기에 충만해서 군인들을 배웅하고 향수병에 걸려 기진맥진해 돌아오는 것을 본다.

▶▶▶ 첫번째 문장이 어떻게 두번째 문장에서 이어지는 "신화적인 견해"에 대한 설명을 기대하게 하는지 보세요. 그러나 기대는 충족되지 않습니다. 그리고 두번째 문장이 지닌 모호함을 보세요. 마치 우리가 군인들을 배웅하고 난 뒤 군인이 아니라 우리가 향수병에 걸려 기진맥진해 돌아오는 것처럼 해석됩니다. "이데올로기에 충만해서"도 모호한 표현입니다.

담요를 깔고 앉은 연인들은 세비야의 연인들이 공공장소에서 애정 표현을 하는 데 세계 어느 곳의 연인들보다 거리낌이 없다는 관념을 지지한다.

▶▶▶ 그런데 담요가 없는 연인들은 동의하지 않습니다. 이 문장의 저자는 근본으로 돌아가 질문을 던질 필요가 있습니다. 나는 무슨 말을 하려 하는가? 먼저 "관념"이라는 단어를 삭제하는

것이 좋겠습니다.

―――――

오른손에 든 작은 선크림 튜브가 가볍다.

▶▶▶ 그런데 왼손으로 들면 엄청나게 무거워지는군요. 오른손에 작은 선크림 튜브를 들고 있다라고 말하려는 문장으로 보입니다.

―――――

슈퍼볼 광고의 시청은 실로 이 나라의 신성한 전통이 되었다.

▶▶▶ "광고 시청"입니다. "광고의 시청"이 아닙니다. 이 문장은 지나치게 강조하는 바람에 망가진 사례입니다. "실로"와 "신성한"을 지우세요. 다시 말하면, 문장에서 힘을 빼고 독자가 저자의 의견을 이해할 것이라고 믿으세요. 그렇게까지 힘주어 주장할 필요가 없습니다.

―――――

나의 커튼을 거뒀음에도 불구하고, 내 자리의 시계는 무척 제한되었다.

▶▶▶ 소유대명사가 제자리를 찾지 못했습니다. 저자가 안경 대신 커튼을 쓰고 있나봅니다. "커튼"이면 됩니다. 그리고 내 자리에서 보이는 것이 별로 없었다라고 쓰면 어떨까요? "시계는 무척 제한되었다"는 방안에 자욱한 안개가 끼었다는 뜻을 내포합니다. 이 저자의 독특한 세계 밖에서 실제로 사용되는 "시계"라는 단어의 용례가 그렇다는 것입니다.

————

그 건축 양식은 잿빛으로 아름답고 예스러우며 모든 방향으로 뻗어 있다.

▶▶▶ 건축 양식은 결코 아닙니다. 주어는 건물이 되어야 합니다.

————

플로리다에서 온 은퇴한 커플의 햇볕에 그을린 가죽 같은 피부를 지닌 그 여자는 스물여덟이다.

▶▶▶ 은퇴한 플로리다 커플의 피부를 지니고 있다니, 참으로 희한한 여자네요. 그녀의 햇볕에 그을린 피부(이 표현은 좋습니다)가 어떻게 커플의 피부와 비슷할 수 있지요? 어째서 그녀를 두 사람과 비교하는 것일까요? 하나의 피부를 공유하는 커플이 세

상 어딘가에 존재하나 봅니다.

———

어머니는 내가 태어난 이래로 이 성지 순례를 계획하셨다.

▶▶▶ "이래로"가 맞습니까? 웬 복합과거 시제인가요? 어머니는 내가 태어나던 날 이 성지 순례를 계획하셨다. 또는 어머니는 내가 태어난 날 이래로 이 성지 순례를 계획해오셨다. "이래로"의 연속성은 "계획해오셨다"의 연속성을 필요로 합니다.

———

그녀는 나를 똑바로 쳐다보면서 운전대를 잡아끌며 우아하게 회전을 하면서 고개를 내저으며 말했다. "아깝다. 정말 이해 못 하겠어."

▶▶▶ "~면서"가 사방팔방 끼어들어 있습니다. 최소 두 문장으로 쪼개면 "~면서"를 제거할 수 있지요.

———

링컨마티 학교는 마이애미 리틀 하바나에 거주한다.

▶▶▶ "거주한다"고요? 저자는 분명히 "있다"를 쓰지 않으려고 애쓰고 있습니다. 군이 그래야 할 이유가 있을까요? "있다"라고 하는 편이 쉽고 경제적입니다. 링컨마티 학교가 은퇴하고 플로리다로 갔다고 생각할 독자도 없고요.

————

빵, 쌀 그리고 바나나는 나의 식단을 구성했다.

▶▶▶ 많은 지점에서 엉망진창이네요. 음식을 먹는 사람을 주어로 세우지 않은 이유가 무엇일까요? 나는 주로 빵, 쌀 그리고 바나나를 먹었다. "구성했다"는 추상적이고 따분하고 본질적으로 수동적이며 학술적인 종류의 동사입니다. 이런 동사를 맞닥뜨리면 더 강렬하고 능동적인 동사를 찾아 나서야 합니다.

————

나는 "자만심hubris"이라는 단어를 본 적이 없었기 때문에, 이미 알고 있던 철자 끝이 유사한 "잔해debris"를 참고해 발음했다.

▶▶▶ 독자(혹은 저자 스스로)에 대한 불신이 느껴지나요? 저자는 마치 독자(혹은 저자 스스로)가 "hubris"와 "debris"가 모두 "ris"로 끝난다는 사실을 눈치채지 못할 것이라고 여기고 있습니

다. 나는 "자만심hubris"이라는 단어를 본 적이 없었기 때문에 "잔해
debris"를 참고해 발음했다.

———————

냉장고 안에 있는 토마토에 관한, 그다음에는 선반과 식탁에
있는 물건으로 옮아간, 10분짜리 독백을 들었던 일을 회상한다.
　▶▶▶ 토마토가 움직이는 장면이 떠오르나요? 끼인 구절은 토마
토가 아니라 "독백"을 향해야 하지만, 그러지 못하고 있지요.

———————

그 작은 집들은 아주 깔끔하게 손질된 잔디와 장식 정원, 울
타리, 가지가 잘 정돈된 과일나무, 장식용 라이트가 설치된 자갈
을 깐 오솔길로 인해 '진기하다'고 평가받는다.
　▶▶▶ "~로 인해"가 있어 저자가 명사와 형용사 무더기를 마구
늘어놓았습니다. 동사를 이용해 문장을 만들 생각이 없는 것이
지요. "~로 인해"가 더 좋은 문장의 가능성을 어떻게 망가뜨렸
는지 생각해보세요.

———————

만약 이곳을 대표하는 랜드마크가 하나라면, 그것은 너무나 넓어서 건물 두 채에 걸친 33만 5024제곱피트 규모의 간판 상점은 아니다.

▶▶▶ 첫번째 절을 읽으면서 우리는 그 하나의 랜드마크가 무엇인지 궁금해하지, 무엇이 랜드마크가 아닌지를 궁금해하지 않습니다. 독자에게 한 약속이 지켜지지 않은 문장입니다.

———

병원들이 의족 하나에 수백수천 루피를 청구한 반면, 자이푸르 풋은 2000루피를 청구한다.

▶▶▶ 전체적인 구도를 한눈에 보여주는 장치가 없으면 독자가 문장의 메시지를 읽지 못할 것이라는 가정이 "반면"에 들어 있습니다. 병원들이 의족 하나에 수백수천 루피를 청구한다. 자이푸르 풋은 2000루피를 청구한다. 굳이 지적하지 않아도 문장 사이의 대조가 분명히 보입니다.

———

그러고 나서 고양이가 일어나 기지개를 켜면서, 등을 동그랗

게 말고 부르르 떨 때까지 땅바닥을 다리로 민다.

▶▶▶ 대명사가 문제네요. 부르르 떠는 것은 분명히 "다리"가 되어야 하는데, 이 문장에서는 "땅바닥"이 됩니다. 땅바닥을 떨게 만드는 고양이로군요.

7시간에 걸쳐 허공에서 확산하고, 추락하고, 비상하고, 전환했다. 한낮이 자연스러운 종말을 맞았다.

▶▶▶ 한낮은 허공에서 확산하고, 추락하고, 비상하고, 전환하기 마련이지요. 도입부는 문장의 주어를 반드시 한정해야 합니다. 하지만 이 문장은 그렇지 않지요.

로스앤젤레스는 인구수 499만 7430명 이상에 면적은 498제곱마일인 캘리포니아에서 가장 큰 도시다.

▶▶▶ 이 문장의 내용은 무엇인가요? 인구수 499만 7430명 이상에 면적은 498제곱마일인 캘리포니아의 도시들 가운데 로스앤젤레스가 가장 크다는 뜻인가요? "~인" 때문에 벌어지는 오해입니다. "498제곱마일인" 뒤에 쉼표를 찍으면 그나마 좀 낫겠

지만, 문장 구조상으로는 여전히 위태위태합니다. "~인"은 이런 유의 문장을 버텨내기에 약한 표현입니다.

———

매일 아침, 9시 직전에 한 명씩 정교한 발걸음으로 미니버스에서 내리는 동안 예술가들이 건물 안으로 쇄도하기 시작한다.

▶▶▶ 예술가들이 어쩐 일인지 건물로 쇄도하면서 동시에 미니버스에서 내리는군요. 문장의 전체적인 흐름에 문제가 있는 것이 분명합니다. 예술가들을 버스에서 먼저 내리고 건물로 쇄도하게 하는 것이 어떨까요? 두 사건을 동시에 벌어지게 만드는 "동안"이 문제로군요. 현실 세계에서는 이 문장과 같은 일이 벌어질 수 없겠지요.

———

그의 아들과 손녀들에게서 멀어진 세계에서, 1년 이상 알츠하이머병과 당뇨병으로 고생한 끝에, 그는 타이완의 한 병원에서 홀로 숨을 거뒀다.

▶▶▶ 간단하고 효과적인 수정은 적재적소에 적합한 구절을 넣는 것입니다. 몇 달간 알츠하이머병과 당뇨병으로 고생한 끝에, 그는

아들과 손녀들에게서 멀리 떨어진 타이완의 한 병원에서 홀로 숨을 거뒀다.

———

그녀의 옷은 별다른 특징이 없었는데, 흰색 티셔츠와 청반바지였다.

▶▶▶ 이것보다 묘사에 좀더 공을 들일 수 있습니다. 그녀는 흰색 티셔츠와 청반바지를 입었다라고 하면 어떨까요? 평범하고 간편해서 별다른 특징이 없어 보이는 그녀의 옷차림새가 독자에게 더 생생하게 다가갈 수 있을 것입니다.

———

운하의 양쪽을 이은 교량들 아래로 금속조각과 나무로 지은 판잣집들이 있다.

▶▶▶ 운하 양편을 잇는 것 이외에 교량에 다른 기능이 있을까요? 교량들 아래 금속조각과 나무로 지은 판잣집들이 있다.

———

그럼에도 불구하고 우리가 온전히 공유하는 공통점에는 목소리가 있다.

▶▶▶ "공유"에는 "공통점"이 암시되어 있습니다. "그럼에도 불구하고" 또한 이미 "우리가 온전히 공유하는"이라는 구절에 내포되어 있지요. 우리가 온전히 공유하는 것은 목소리다.

―――――

마을에 들어오면, 길 양편에 하나씩 있는 두 퀘이커교도 매장지가 중심가로 당신을 안내한다.

▶▶▶ 이 퀘이커교도 매장지가 교통순경 같아 보이는군요. 이 문장을 고치는 유일한 길은 완전히 새로 쓰는 것뿐입니다. 마을로 들어오는 시점에서 벗어나 마을을 묘사하고 필요하다면 누군가를 들여보내세요.

―――――

먼발치에서, 코끼리와 물소가 선조들이 왕년에 놀던 구역을 느릿느릿 건너간다.

▶▶▶ 우리가 "내가 왕년에 놀던 구역"이라고 말할 때는, 정말 그곳에서 신나게 놀았다는 의미로 말하는 것이 아니지요. 그런

데 이 문장에서는 선조들이 놀던 곳에서 노는 코끼리와 물소를 떠올리지 않을 수가 없네요. 상투적인 표현이 액면 그대로 드러나는 바람에 저자의 의도가 왜곡된 사례입니다.

─────────

끊임없이 대형 정육 마트에 흘러들었다가 나오는 트럭들이 있다.

▶▶▶ 이 문장의 주어는 자연스럽게 "트럭들"입니다. 트럭들이 대형 정육 마트에 흘러들어갔다가 나온다. 그러나 트럭들은 흘러들어가기에 적합하지가 않습니다. 아마도 "트럭들의 흐름이 흘러들었다가…" 할 수 있겠지요. 하지만 아무래도 "흘러들다"라는 동사를 바꿔야 할 것 같네요.

─────────

열띤 여름날에 파트너 헤더와 내가 리버사이드 카운티 순찰을 배정받았다.

▶▶▶ "열띤"은 마치 그날이 인공적으로 달궈졌다거나 또는 누군가에게 화나 있는 상태를 가리킵니다. 문장의 전체 구조가 얼마나 복잡하고 다루기 힘든지 살펴보세요. "열띤 여름날에"로 시작하기 때문에 생긴 문제입니다. 뜨거운 여름날에, 파트너 헤더와

나는 리버사이드 카운티 순찰을 배정받았다. 이렇게 바꾸면 원래 문장보다 힘이 빠져 보이지만, 원래 문장은 영리하지 못하고 투박해서 어느 지점을 강조하려 했는지 분간하기가 어렵습니다.

―――――

그 전날 친 울타리를 따라가다 우리는 진흙을 뒹구는 야생돼지와 상처가 난 목장주를 마주쳤었다.

▶▶▶ 과거 시제가 혼란스럽습니다. 울타리를 먼저 친 다음 진흙탕을 마주쳐야지요. 또한, 진흙을 뒹구는 야생돼지와 목장주의 상처 사이의 연관관계가 미흡합니다.

―――――

1556년까지, 전기 작가인 조르조 바사리는 「최후의 만찬」이 훼손되었다고 썼다.

▶▶▶ 이 문장은 「최후의 만찬」에 대한 언급이 아니라 바사리에 관한 언급으로 보입니다. 저자가 하려는 말은 다음과 같습니다. 일찍이 1556년부터 일군의 사람들은 「최후의 만찬」이 이미 훼손되었다고 생각했다. 이는 원래의 문장과는 다른 의미를 전달합니다. 예를 들면, 마침내 1556년에 이르러서야 느리게 쓰기로 악

명이 높은 조르조 바사리가 「최후의 만찬」이 훼손되었음을 기록
으로 남겼다. 또한, 저 "전기 작가"라는 별칭이 얼마나 부정확한
지도 살펴보기 바랍니다. 기자들이 흔히 하는 나쁜 버릇입니다.

―――――

밀고 나아갈수록 우리의 가련한 시속 1마일의 트레킹 속도가
기하급수적으로 느려지고 있음을 알았다.

▶▶▶ 이 문장은 기가 막히게 과학적으로 들립니다. 그렇지요?
하지만 구체적인 거짓 정보를 안고 있습니다. 정말로 전진 속도
가 기하급수적으로 줄었다면, 얼마 전진하지 못할 것입니다. 이
문장에서 "우리의 가련한 시속 1마일의 트레킹 속도" 때문에 보
폭이 얼마나 쪼그라들고 있는지 생각해보세요.

―――――

바람이 강하게 밀려들자 난간에 기대 바다를 건너다보았다.

▶▶▶ 바람은 언제든 바다를 건너다볼 수 있습니다. 누구든 그
렇게 못할까요. 생략된 주어를 구해내야 합니다.

―――――

그녀는 허리 부분이 고무줄로 되어 있으며 발목 위로 2인치 올라가는 테이퍼드 청바지와, 한가운데에 흐릿한 분홍색 하트가 박힌 큼직한 하얀 운동복을 입고 있다.

▶▶▶ 그녀는 청바지를 얼마나 밑으로 내려 입고 있나요? 그녀의 옷차림새를 머릿속에 그려볼 수 있어야 합니다. 아무리 못해도, 이 문장처럼 이미지를 떠올리는 것을 방해하지는 말아야 합니다.

———

카네샤는 내가 새 옷을 사기를 필사적으로 바랐다. 내가 가지고 있는 옷이 너무 볼품없어서 가까이에 있는 모든 사람을 난감하게 만들기 때문이다.

▶▶▶ 갑자기 옷만 남고 저자는 사라져버렸습니다. 카네샤는 내가 새 옷을 사기를 필사적으로 바랐다. 내가 가지고 있는 옷이 볼품없기 때문이다.

———

해가 지는 저녁 또는 지는 과정의 저녁에 앉아 있기에 특히 좋은 곳이다.

▶▶▶ 일몰이 시작하기 단 몇 분 전후거나 어쩌면 일몰이 막 끝난 뒤의 몇 분 전후일지도 모르겠습니다. "해가 질 무렵"이라고 단순하게 써도 충분합니다.

내 고향은 애틀랜타나 보스턴보다 연간 강우량이 적지만 어쩐 일인지 잿빛 명성을 얻었다. 나는 좋다. 이 억울한 누명 덕분에 너무 많은 캘리포니아 사람들이 북쪽으로 이사하지 않기 때문에.

▶▶▶ 마지막 문장의 끝부분이 애초 저자가 말하려는 것과 완전히 반대가 되었습니다. 문자 그대로 보면 저자는 더 많은 캘리포니아 사람이 북쪽으로 이사를 갔으면 하고 바라고 있습니다. "너무 많은"을 지우고 나면 의미가 통할 것입니다.

그러나 네바다에서의 생활은 흔치 않은 아름다움의 감상을 가능하게 해주는 것 같다.

▶▶▶ "아름다움의 감상을"이라고요? 명사구는 에너지가 없습니다. 정지해 있지요. "아름다움을 감상하다"? 동사입니다. 명사

구보다 낫지만 완벽하지는 않습니다. 절대 동사를 명사구로 바꾸지 마세요. "가능하게 해주는 것 같다"를 이렇게 고쳐쓰면 어떨까요? 그러나 네바다에서의 생활은 내게 흔치 않은 아름다움을 보는 법을 알려주는 것 같다.

———

해변에 부딪히자 파도가 큰 소리를 낸다.

▶▶▶ "해변에 부딪히자"를 다른 식으로 써보세요. "부딪히다"에 이미 큰 소리가 포함되어 있다고 생각하세요. 파도가 해변에 부딪친다.

———

마음이 편안해지는 냄새가 썰매타기와 눈과 뜨개질한 장갑이 부르는 프루스트의 기억을 깨운다.

▶▶▶ 그렇습니다. 이제 우리는 모든 감각 기억을 마르셀 프루스트와 연관 짓습니다. 그런데 프루스트가 뜨개질한 장갑을 끼고 썰매 타는 데 매진했다는 사실은 금시초문이네요.

———

세상은 평온하고 고요하고 무심하다. 인간의 광적인 활력에 의해 족쇄가 풀린 보폭에 맞춰 움직이고 있다.

▶▶▶ 저자는 "족쇄를 채우다"가 무슨 뜻인지 모릅니다. "족쇄를 풀다"는 더더욱.

———

캐피톨라는 전망창 바깥에 있다.

▶▶▶ 캐피톨라가 전망창 바깥에 있다면 깜짝 놀랄 만한 일인데요. 약간만 공을 들여도 좀더 쓸모 있고 이야기가 살아 있는 문장을 만들 수 있습니다.

———

집으로 가는 항공편이 출발하기 일주일 전에 우리는 약물을 맛보기로 결심했다.

▶▶▶ "비행기 타고 집으로 가기 일주일 전에"는 어떻습니까? 명사가 아니라 동사를 사용하고 "출발하기"라는 불필요한 말을 지워보세요. 그리고 "약물을 맛보기로" 하다니요? 광고에나 나오는 정말 틀에 박힌 표현입니다. 비꼬는 게 아니면 "약물을 맛

보러 가자"고 말할 사람은 아무도 없을 것입니다. 비꼬는 표현은
이 문장에 어울리지 않지요.

　조그마한 발코니에서 바라보는 전망은 다른 아파트 건물이
되었다.
　▶▶▶ 이 문장에서 수정해야 할 것은 무엇일까요? "~이 되었다"
가 눈에 확 들어옵니다. 이 문장이 어떻게 작성되었을지 느껴지
나요? "전망"에서 착상되었을 것입니다. 그 단어가 얼마나 압축
적인지, 얼마나 전망을 바라보는 사람의 존재를 배제하고 있는
지 눈여겨보세요.

　나는 그다음 죽음을 느낄 때마다 엄습하는 고통과 허무를 누
그러뜨리는 어떤 말을 듣지도 읽지도 찾지도 못했다.
　▶▶▶ 이 문장은 여러 번 죽어본 사람이 썼군요. "누그러뜨리는"
은 없어도 되지요. 나는 내가 느끼는 고통과 허무를 덜어내는 말을
찾지 못했다. 죽음은 다른 문장에서 언급하세요.

조카의 아기가 카펫을 깐 거실 가운데에서 까르륵거린다. 문 상객들이 아기 주변을 서성거리고 긴 다리들이 치즈를 담은 접시 주위로 모여든다.

▶▶▶ 이 문장은 아기의 시점을 취하고 있습니다. 나쁘지 않아요. 하지만 긴 다리들이 다른 신체 부위는 어디에 두고 온 것일까요? 긴 다리들이 치즈 접시 주변으로 모여들 수 있습니다만, 입이 없는데 어떻게 먹을 수 있을지 모르겠군요.

———

그러나 '평원인디언'들은 사냥한 들소의 고깃덩어리부터 배설물, 발굽, 골수까지 버리는 것이 없었고, 백인들은 아깝게 버리는 것이 정말 많았다.

▶▶▶ 먼저, 두 문장으로 쪼개는 것이 좋겠습니다. 가능성의 스펙트럼을 보여주는 "~부터 ~까지" 구조가 어색합니다. 웬만하면 안 쓰는 것이 낫습니다. 대신 이렇게 써보세요. 그들은 사냥한 들소의 고깃덩어리, 배설물, 발굽, 골수 등 버리는 것이 없었다.

———

홍얼거리는 노랫소리의 주인공이 크로스비라는 것을 식별할 수 있음에도 불구하고, 사람들에게 웃음을 선사한 것은 항상 「화이트 크리스마스」에 출연한 대니 케이였다.

▶▶▶ "식별할 수 있음에도"가 뜻하는 것은 무엇일까요? 빙 크로스비의 목소리를 분명히 알아들을 수 있다는 말이겠지요. 저자는 아마도 "특색 있다"는 말을 하고 싶은 것 같습니다. 한 가지 더. 이 문장이 말하지 않는 것이 있습니다. 빙 크로스비와 대니 케이 둘 다 「화이트 크리스마스」에 출연했다는 사실. 그런데 이 문장을 보면 케이만 출연한 것 같네요.

———

그녀는 몹시나도 화가 나버려서 냅킨으로 닦아내고 그에게 우유를 더 부어주었다.

▶▶▶ "몹시나도 화가 나버려서"는 리듬감을 파괴하는 기괴한 구절입니다. 저자는 분노를 전달할 다른 방법을 모색할 필요가 있습니다.

———

나는 스페인을 여행하면서 어디에서나 즐비한 흡연의 현장을 보았다.

▶▶▶ 사람이 배제되어 얼마나 활력이 없는 문장인지 살펴보세요. 스페인 어디에서나 흡연의 현장을 볼 수 있겠지만, 흡연은 누가 하나요?

————

그 하얀 첨탑은 롱리지 여관 건너편 언덕 위에 서 있다.

▶▶▶ 첨탑 밑 교회는 어떻게 된 것인지 궁금해할 사람이 있을 것 같습니다. 밑에 교회가 받쳐주지 않으면 첨탑은 아마 서 있지 못할걸요. 솟아나 있어야 할 것입니다.

————

텔레비전 쇼 이미지의 영속화 또는 사람들의 뚜렷한 억양에 대한 강조의 상실을 증명하는 상상력의 감소를 개탄하는 한편, 그러한 비판들은 그 자신의 장점이 아니라 다른 이들의 구제불능에 비교해 텔레비전 버전에 대한 평판을 깎아내린다.

▶▶▶ 이렇게 쓰려면 따로 배워야 합니다. 이렇게 쓰지 않으려면 배워야 합니다. 알아들을 수가 없군요.

멜리사는 아무 남자가 800달러를 주면서 엉덩이를 때려달라고 했다고 나중에야 내게 털어놓았다.

▶▶▶ 여러분이 이 남자에 관해 무엇을 상상하든, 그는 분명 아무 남자가 아닙니다. 그는 멜리사에게 800달러를 건네며 엉덩이를 때려달라고 말한 바로 그 남자입니다. "아무"라는 단어는 다른 뜻이 있고, 이 문장에서는 그 뜻으로 쓰일 수 없습니다.

———

나뭇가지와 그 아래 늘어진 나뭇잎이 만든 차양 아래 공기가 뜨겁고 눅눅했다.

▶▶▶ 저자가 내포되어 있는 것을 드러내는 흔한 실수를 저질렀습니다. 나뭇가지와 나뭇잎 차양 아래 공기가 뜨겁고 눅눅했다.

———

61-59 대회는 듀크 씨의 인상적인 몸집, 버틀러 씨의 탄력, 게임의 결승전에게 기억될 것이다.

▶▶▶ 무엇이 어떻게 기억에 남게 될지 생각해보세요. 61-59 대회는 듀크 씨의 인상적인 몸집, 버틀러 씨의 탄력, 게임의 결승전으로 기억되겠지요.

———

지난 10여 년간 활동가들이 LA강을 되살려야 도시의 많은 골칫거리들이 해결된다는 점을 공무원들에게 확실히 주지시킴에 따라 로스앤젤레스강 재생이 최우선 정책으로 떠올랐다.

▶▶▶ "~에 따라"는 어떤 역할을 하고 있습니까? 단지 두 문장을 연결해 하나의 곤란한 문장으로 만들고 있습니다. "~에 따라"를 지우면 괜찮은 문장 두 개가 생길 것입니다.

———

선인장류는 생존의 정점이 되어야 한다.

▶▶▶ 이 문장은 저변에 흐르는 생각을 제대로 드러내지 못하고 있습니다. "생존의 정점"은 말이 안 되는 표현입니다. "~이어야 한다"는 선인장류에 대한 저자의 실망감을 내포하는 표현임을 유의하세요.

엄마와 나는 화염이 있는 곳으로 차를 몰았다.

▸▸▸ 화재가 난 곳을 향해 차를 몰았다는 어떨까요?

감사의 말

댄 프랭크Dan Frank와 매번 그랬듯이 플립 브로피Flip Brophy에게 감사의 말을 전한다. 유크로스 재단Ucross Foundation과 존 사이먼 구겐하임 메모리얼 재단John Simon Guggenheim Foundation의 지원에 감사의 마음을 전한다. 문예창작을 처음으로 가르친 포덤대학교, 하버드대학교, 그리고 특히 퍼모나칼리지를 비롯한 여러 영문과 동료들의 도움과 격려를 받았다.

30년이 넘는 세월 동안 가르친 학생들에게 가장 큰 신세를 졌다. 내가 가르치려고 한 것보다 학생들이 내게 가르쳐준 것이 훨씬 더 많다. 학생들 덕분에 글쓰기 수업이 내 인생 최고의 즐거움이 되었다.

지은이 **벌린 클링켄보그**Verlyn Klinkenborg

〈뉴욕 타임스〉 편집위원. 뉴욕주 북부에 있는 자신의 농장에 관해 〈뉴욕 타임스〉에 기고한 글을 모아 『전원생활The Rural Life』과 『단순하지만 충만한, 나의 전원생활More Scenes from the Rural Life』을 출간했다. 지은 책으로 『건초 만들기Making Hay』 『마지막 좋은 때The Last Fine Time』 『티모시; 가련한 거북이에 관한 기록Timothy; or, Notes of an Abject Reptile』 등이 있다. 프린스턴대학교에서 영문학 박사학위를 받았다.

옮긴이 **박민**

대학에서 영문학을 전공했다. 현재 출판사에서 편집자로 일하고 있다.

짧게
잘 쓰는
법

초판 1쇄 발행 2020년 8월 20일
초판 9쇄 발행 2024년 7월 25일

지은이 벌린 클링켄보그 ┃ 옮긴이 박민 ┃ 펴낸이 신정민

편집 신소희 정소리 이희연 이고호 ┃ 디자인 백주영 ┃ 마케팅 김선진 김다정
저작권 박지영 형소진 최은진 오서영
브랜딩 함유지 함근아 박민재 김희숙 이송이 박다솔 조다현 정승민 배진성
제작 강신은 김동욱 이순호 ┃ 제작처 상지사

펴낸곳 (주)교유당 ┃ 출판등록 2019년 5월 24일 제406-2019-000052호

주소 10881 경기도 파주시 회동길 210
문의전화 031-955-8891(마케팅) 031-955-2680(편집) ┃ 팩스 031-955-8855
전자우편 gyoyudang@munhak.com

인스타그램 @gyoyu_books ┃ 트위터 @gyoyu_books ┃ 페이스북 @gyoyubooks

ISBN 979-11-90277-62-4 03800